水門的洞口

黃國峻／著

水門的洞口

目次

出版前言

黃國峻（1971-2003）一九九七年以短篇小說〈留白〉獲得第十一屆聯合文學小說新人獎——短篇小說推薦獎。當時的評審張大春稱他「不與時人彈同調的莊嚴氣派」、「非常老於世故，歷經滄桑，且對世界強烈充滿好奇」，施叔青說：「作者的想像力與實驗性，以及對藝術的獨特看法使它有別於其他作品。」

楊牧描述黃國峻：「讀他的東西，是那一代作者當中最使我感到親近，同意，或者疼惜的人，許多地方都讓我想說：當避此人出一頭地！」袁哲生提到他：「在我心中的國峻是一個文學的苦行僧，勇猛精進令人汗顏。」

《度外》（2000）是黃國峻的初試啼聲之作，極富實驗性與想像力。書中的活動，大多發生在家庭空間內，人物間鮮少對話，敘事通過角色的獨白進行，巨大的陌生與疏離突顯了人物的內心，形塑出清冷的獨特氛圍。接續出版《盲目地注視》（2002）、《麥克風試音——黃國峻的黑色 Talk 集》（2002）、《是或一點也不》（2003）；《水門的洞口》（2003）為其遺作，也是唯一一部長篇小說，故事的推進像一面鏡子，反射出世人的真實與脆弱，矛盾與掙扎。即使尚未完成，並不影響讀者細細品味角色之間隱晦的情感流動。

黃國峻三十二歲盛年離世，他特有的曲筆寫作、疏離美學、不與時人彈同調，成為文壇絕響。他創造的文學世界既純粹又複雜，他曾說，寫作就像走過一條溪流，溪流裡有大大小小的石頭分布，踩著這些石頭過河，東一步西一步像在跳舞，這些舞蹈彷彿是對空間的詠嘆。

二〇一八年，《度外》、《水門的洞口》簡體版上市，在對岸大受歡迎，引起熱烈討論。二〇二〇年，《盲目地注視》、《是或一點也不》；二〇二一年，《麥克風試音》的簡體版推出。

二〇二四年，在《度外》完成二十五週年之際，聯合文學重新發行絕版多時的《度外》、《水門的洞口》二書繁體中文版，緬懷這位創作生涯短暫而傑出的秀異作家，希望更多讀者重新閱讀他，走進他用文字雕琢出來的景觀，並在其中找到共鳴，讓我們一起紀念他。

導讀

梁竣瓘

以短篇小說創作步入文壇的青年作家黃國峻，對寫作抱持的態度，是同輩作家中極為少見的。他不僅以創作為唯一職／志業，更不斷地在作品的形式與風格上，尋求各種不同的嘗試。從二〇〇〇年出版第一本小說集《度外》迄今，不到三年的時間，已有四本書問世，每一部作品都在其寫作史上，標示出不同於以往的新座標。這部未完的長篇小說，雖然來不及完成，但我們仍然可以看出，作家在這個階段中，持續其對創作的專注與尊重態度，與希望在文類與風格上力求突破的努力。長篇小說的出版，為其寫作史上再添另一個迥異於前的新座標，同時也讓作家的寫作才華得以再度公諸於世。

儘管這是一部尚未完成的作品，但我們仍然可以將它視為一部完整的作品來閱讀，或者也可以採用作家在自述其創作經驗時曾提到的一種閱讀方法：「設想如果自己是作者，接下來會怎麼寫？」＊事實上，作品是否具備多重解讀性，也是一種評價的指標。而這部長篇小說，除了「未完」本身所形成多重解讀的可能，小說人物性格的多重性，與人物間的錯綜關係，也讓這篇小說解讀空間更加寬廣。在此，筆者願意提供個人閱讀的體會，以作為讀者閱讀的參考。

這篇小說共計五章，前四章作家刻意以八頁為一個章節的段落，第五章只寫到第六頁，而且也沒有「第幾章完」的結束語，除了可由此斷定小說未完成外，

＊袁哲生採訪整理〈不在場的證人——黃春明、黃國峻對談小說藝術〉，《自由時報·副刊》二〇〇〇年三月四日。

題目未定，與偶爾出現的同音異字，都顯示作品仍在初稿階段。小說時間設定在男、女主人翁從交往到分手約一年多左右，穿插了一些兩人成長背景的片段。男主角林建銘的父親過世後，不久便中斷學業，專心協助母親賣菜的工作，其後輾轉換了幾個都與食物有關的工作，三十三歲這一年收入開始穩定，便從東部回到台北，自己當起老闆開一家小吃店，收入漸豐加上其節儉的個性，財富累積快速，甚至得以在淡水河邊置產，過著不需要上下班的生活。然而他的內心並不因生活的安定而不再有煩惱，或許是長久以來的生活壓力，讓他一直無法與女性正常交往，於是渴望親近女性的傾向，成為事業小有成就的林建銘的頭號困擾。好不容易在四十歲這年，與小他一歲長相平凡卻有過不少交往經驗的女主人翁陳怡君邂逅，兩人維持著尚稱穩定的男女關係，然而在交往一年之後，卻因為女方終究受不了林的性無能而宣告分手。

兩人的分手可視為小說的一個轉折點，此後小說的敘述明顯分成兩條線，分別再延伸兩人的故事。陳、林兩人分手後各自過著不同的生活，雖然偶有幾次的聯絡，但大多只是禮貌上的問候。曾有一度林建銘提出重頭來過的要求，但卻因陳已與美國人史睿儀交往，而失去兩人復合的可能。在這期間林建銘到過一個名為「盧氏劇場」的私人劇團觀賞過三場戲，劇團裡美麗的要角楊施，讓林建銘深深著迷。然而楊施卻在演完了《推理學校》這齣戲後離開盧氏，兩人並未有正式的交往。不過在林建銘心裡，楊施已經化為一個女神的完美形象，並對她充滿想像。他渴望和楊施在一起，甚至跟隨劇團來到東部一個叫櫸園的修鍊營，做一些餐廳裡的瑣事，這樣的舉動，他自己認為是「一趟跟蹤」，因為愛戀而願意去追隨著她那渺茫的身影。不過儘管他對楊的愛如此神聖，但生理上對女體的渴求，仍不斷拍打著他的身心，於是他再度來到色情場所，在那裡等待女孩的過程中，林建銘為心中對女性的渴望與表現在外的禮貌行為兩者所形成的落差困擾不已。在苦惱之際作者安排了　個女人進來，不過小說只有寫到這裡，究竟這個女人會不會改變林建銘的命運，或是只是過場的小角色，也許細心的讀者可以從小說中對人物心理細緻的刻畫中找到一個合理的解釋。

另一方面陳怡君在和史睿儀的交往過程，也不斷穿插在以林建銘為主體的敘述中，陳的富裕成長背景，並沒有帶給她多大的自信，反而十分在意他人的眼光，她渴望自己有所改變，希望那總無法持久的工作與愛情能夠穩定下來，但兩者似乎都不能盡如其意，不僅家具行的工作無法繼續，朋友介紹的工作又招致私吞款項的誤解，感情上似乎已有理想的寄託，但林建銘到家裡找她的事情被史睿儀知悉後，讓這個傾慕中國文化的美國人有了再結新歡的念頭。此外兩人的房事都在男方的主導下進行，也許陳的慾望被這個男人所解放，然而這卻不是自己之手，完全只是被動的接受，小說的敘述者說：「她得到了這個男人，同時她卻也失去了自己。」至此那些困惑、負面心性與幻想，仍如影隨形。

就情節的布置來說，愛情似乎是這部小說的主題，然而它並不只有愛情。小說不時推敲都市人心理和生理的各種問題：存在的疑惑、人際關係、孤獨、異性的渴望、性的渴望、婚姻等。在小說的進行中，偶爾會出現作者對這些問題的見解。筆者以為這些是探索作者思想的重要線索，倘能結合作者以前的作品加以整合，或許可以拼湊出比較完整屬於作者個人的思想圖像。

至於男主人翁林建銘的性格刻畫，可說是小說相當成功部分，包括他的孤獨、富同情心、節儉、敏感、不安全感、被動、自卑、保守、渴望女體等等。服膺佛洛依德理論的人也許會認為林本身的性格決定了他的命運，然而筆者認為環境的影響在他身上也是一個重要的因素。幾個林建銘與人群接觸的場景中，他內心的恐懼陌生、不安全感，在他無法與人順利交談，或匆忙離開的外顯行為中表露無遺。而對黃皮膚的本地人，也有一些來自作者或小說人物的批評，像是用化學毒劑捕魚的行為、剝奪鄰居享有寧靜權利的失和夫妻等。我們不難看出，在他所生長的環境裡，充滿了他無法適應的種種，他的個性傾向不能說與這樣的環境毫無關係，當我們再對照小說一開始的外國沙灘場景後，將赫然發現個性拘束、愁苦的林建銘，原來還是會受到外在氣氛的影響而展露難得的新鮮神情。只是這種愉快的心情，還是會在他多愁易感的性格中被消解掉一些，這讓人聯想到吳爾芙《歐蘭朵》（*Orlando*）中懷抱著莎夏的歐蘭朵，那又滿足又愁苦的神色。

這種既快樂又擔心失去快樂的兩種情緒反應，導引出作者在小說中不斷辯證的一種二元對立的思想，這種對立在小說的人物身上，或是敘事者的敘述上，經常無法統合，就如同天秤的兩端始終無法取得平衡的狀態。像是：林建銘心理對理想女性的渴求與生理上對滿足性慾的渴望；陳、林兩人急於擺脫原有的習性與深陷固有的窘況；最善良的人往往是最凶狠的人；想逃離孤獨而孤獨卻是唯一可信賴的人等。「窮極而反」或者說老子的「物極必反」在小說用各種不同事例得到詮釋，只不過這原為道家解釋人生的哲理，卻讓林建銘、陳怡君甚至敘事者陷入苦海難以掙脫，讓小說散發出一種悲苦的氣氛。

接觸過黃國峻《度外》短篇小說集的讀者，大概很難享受到一口氣讀完的快感，難讀的原因包括情節的薄弱、人物性格的不鮮明、西化的語言、時空的跳動快速以及敘事觀點的游移等等，不過這些造成閱讀速度趨緩的因素，在作家自覺改變之下，開始有一些不同以往的轉變。事實上，從第二本小說集《盲目地注視》開始黃國峻就開始嘗試經營具故事性的小說，而在第三本小說集《是或一點也不》中，這種改變的意圖更為顯著，不過真正將以前的寫作習慣做大幅度顛覆的，仍屬這部長篇小說。包括：人物的命名的在地化、人物性格的鮮明化、環境描寫的客觀化到情節的緊湊化等等，都不同於早先的作品。閱讀障礙雖被減弱不少，不過屬於作家個人氣質的敘述特質還是遺留了下來。於是敘事觀點的跳動、時空的交錯變動，仍然造成讀者閱讀上的困難，不過這種閱讀的障礙，卻也幫助了讀者培養文本細讀的閱讀習慣。此外，由時空的不明確性，導致第一章的沙灘場景不知放在哪個時空座標的問題，這個問題看似不大，但卻影響了整個小說的結局。如果說這是發生在陳、林兩人分手後，那或許可以解釋成兩人歷經試煉後得到圓滿結局，但如果是在兩人分手之前，那麼兩人改變自己的渴望，終究無法實現。最後請允許我提醒讀者們，放慢閱讀的速度，用心體會經營出的城市氛圍與各種細微的情緒感受，或許這遠比知道結局是什麼來得重要。

（本文作者現為中原大學應用華語文學系副教授）

第一章。

逆著光的飛鳥形影灰暗，
像是穿梭時光而來，昔今同在。
「view」真不錯，他想。
視野、風景、覽望，
他被這些字的意思帶到了一種新的心境中，
有一點像是化身成為另一個人。

這一對男女是附近唯一的東方面孔，年約四十歲，台北市人。他們帶著一堆觀光旅遊方面的書籍，躲在沙灘上的一隻大洋傘下，一副義大利的手製墨鏡罩著他們的小眼睛。任何人來到這裡就成了這個樣子，懶散，沒有拘束。自各個地方搭飛機，每一天總有人聚集在這裡，像是蟲子或花草，成為沙子與艷陽的一部分。一旁一對年齡差不多的美國夫妻向他們打個招呼，這對夫婦前陣子在紐約的雀爾喜向一位退休的公務員買了個舊房子，目前正交給一位從事裝潢室內設計的親戚，進行約十天的翻修，算是一舉兩得。

「我太太很怕木屑、膠水、透明漆之類的味道。」丈夫做出機靈的表情說。「所以嚴格說來，我們是來避難，而不是渡假的。」

陳怡君露出會意的笑容，儘管她把「透明漆」聽成了「消失」。林建銘在一旁東張西望，讓她在這種時刻覺得有點不好意思，幸好對方並不介意，他們認為這只是亞洲人的習慣。以前妻子在參加社區慈善活動時，交過幾個不錯的黃種人朋友，單純善良。妻子回想起來，朋友之中，反而一個非洲裔的人都沒有，她認為黑人的種族意識普遍較強，比較排斥別人。在簡單交談後，陳怡君想說「很高興認識你」，但是不曉得什麼時候說才對。這幾天她一直在觀察別人，留意人家交談的模樣與肢體動作，以及正午時那位光頭救生員的頭形。接著開始注意起自己的模樣，都怪自己頭形不好看，是寬扁形的，所以不管梳什麼髮型都不好看。

她整天都聞到人們身上的一種氣味，也許是防曬油或是體香劑之類的清潔用品，既有天然成分又有化學成分。「妳聞起來像一張卡片。」記得有一部喜劇中有這樣一句臺詞，她忍不住淺笑，那是多久以前看的電影了。眼前的海浪急湧，力量雄大，危險得足以致命。而人們便悠閒地守在這道安全的界線內，欣賞這般景致，真是多麼奇怪的嗜好，好像是在淘氣地說：「來呀，看你能把我怎樣。」

任何人都會被這裡的氣氛影響的，林建銘不曾有過這樣新鮮的神情，他像是感到終於獲得了某樣東西，同時又惋惜過去從未獲得某樣東西。不過也許還稱不上改變，就像這一趟遊玩終將結束，接著又要回到自己真正所屬的地方，那個滿是公寓大樓的市區內。在那幾萬個各式抽屜當中，沒有一個是空的，「收納」是種多麼奇怪的技藝，就像是在塞旅行箱，只剩一點空隙，於是必須做出一個痛苦的決定，兩樣東西中得留下其中一樣，哪樣是一定要帶去的，想像一下去那裡會比較需要什麼。他提議拿照相機頂替，換得兩樣都帶。陳怡君則認為照相機是最不能割捨的，他就是喜歡故意提出不可行的事讓人擔心，其實心裡根本不打算真的那麼做。「來呀，看你能把我怎麼樣。」

他們就是希望來被這裡的氣氛影響的。一個與平時住的地方完全不一樣的地方，等到回去後，他們會與其他人不同，因為心裡知道有個這麼美的地方在等待，他們下次一定要再來，甚至可以說就是為了來這裡，才會願意暫時委屈在家中。這麼說來，實質上的確是改變了，按照某種道理來說，這個改變似乎是必然，是種平衡，是窮極而反。以前防著的事，如今偏偏衝著去，好像自己一直在與某個具有心智的巨大力量交手，要是不相信，還會覺得是自己其實是不敢面對。

從十幾歲時父親去世開始，林建銘三兄弟便在市場幫忙母親賣菜，每天凌晨他睡在搖晃的空貨車上，到批發市場採購，有時甚至為了貨色與價格，要遠到郊外的產地直接去載。

「大都市裡有幾百萬張嘴要吃，賣菜最好。」母親說。這一幫就是好幾年，為此他中斷了學業，專心投入工作。有一陣子他試著去做利潤更高的肉類販售，但他對宰殺雞隻很不習慣，看著一籠籠坐以待斃的禽類堆疊在角落，光是臭味與啼叫聲，就讓他覺得全身沒力氣。於是在一次用刀不慎割傷左手時，放棄了這份工作。在幾天休息時，他體會到要短時間發財是很困難的，這個打擊讓他覺得累積儲蓄或許更實際，細水長流還是可以慢慢轉守為攻。在此同時，他的弟弟決定去當職業軍人，而哥哥則申請到獎學金繼續升學。

他和母親在一起的那段日子，經常感到孤獨，他不認識做買賣以外的人。他是留意過偶爾來買菜或鮮花的年輕客人，那些男人女人的外表和個性，和一般年長年老的婦女很不一樣，儘管來市場的人只有同樣一個目的。這讓他培養出一個小嗜好，就是觀察人們，若沒有這個小遊戲，他會受不了每天買賣的枯燥生活的。就像那對幾天就來買菜的母子，每次都會到對面的攤位買一杯冰涼的甘蔗汁，孩子總算露出笑容，小心接過杯子，超過九分滿的現榨原汁，母親先喝一口，接著給孩子，喝不完時再由母親一口喝光。為了期待這杯甘蔗汁，孩子願意乖乖跟著來菜市場，他還為了喝到一小瓶滋味酸甜的酵母乳，留在那家無聊的美髮院一兩個小時，彷彿坐上了一班要去祖父家的火車，路上不斷問：「到了沒，還要多久才會到？」有時他覺得重複的日子很可怕，而且他還想辦法要去接受，於是心裡不免問還要多久、到了沒？

一位魚販看這年輕人挺勤快，性子不錯，便帶他做了一陣子的魚市買賣，從清早起便隨車搶先跑好幾個地點叫賣。這位魚販自己在東部沿海的路上有一家海產店，當時正需要找一位助手，於是林建銘開始到廚房幫忙，這一做就是好幾年，這份工作讓他很知足，他更尊老伯為恩人，經常晚上陪人家喝茶長聊。存了一點錢後，他和幾個同業的朋友合資，做地方上食品加工的生意，生意經營大致順利，隔年便有了獲利。一天早上，一個較有規模的食品公司派了兩個幹部來談合作的計畫，在幾次受邀參觀工廠後，對方表示希望買下他的權利，照合約上所說，他可以分得百分之十五的利潤，就算再分成二份，這將還是一筆不錯的收入。

於是就在三十三歲這年，他回到台北的老家，繼續幫母親到市場賣菜，同時在熱鬧的路邊租了一個小攤位，做起小吃的生意，收入一天天累積成一筆資金，接著又有其他投資。如今他富裕了，與母親在淡水河旁買了一間房子，一部旅行車，此外生活依然節儉，金錢讓他們安心，而安心又遠比快樂更讓他感到滿足。站在十樓這一大面遠眺著淡水黃昏的落地窗前，他生平頭一次陷入一種無法自拔的沉思中。逆著光的飛鳥形影灰暗，像是穿梭時光而來，昔今同在。「view」真不錯，他想。視野、風景、覽望，他被這些字的意思帶到了一種新的心境中，有一點像是化身成為另一個人，無數他在買賣時遇過的人們如一群螞蟻般，不斷沉默地將他一塊塊搬走，他的時間不斷被用掉了，不管怎麼用，而這個「view」便濃縮著他全部的經歷，以致一望著它時，會覺得是在借用一個高超的大眼來看。

身旁這張餐桌在店裡時，一眼就把無意間路過的他吸引住了，門上掛著打烊的告示牌，等到隔天才又來看。

「這一批是上個星期才海運送到的，義大利進口，櫻桃木，兩百一乘以一百二十公分，標準高度。」一位店員抱著一份資料夾走過來回答，語氣親切。「你是從事室內設計的嗎？」接著又問。

「不，為什麼覺得我是？」他輕輕敲響桌面說。

「因為一般人不會蹲下來看桌底、桌腳。」這店員一點都不怕得罪顧客的樣子。「你為什麼那麼注意底下，所以我才問你是不是做設計的。」又說。

這張餐桌的四隻腳是往內縮的，側面呈現倒梯形，設計感十足。但在他看來只是怪，怪能吸引他的好奇。鞋跟在木條地板上踩響，在地毯上便又沒聲音。問過價錢後，他心裡決定要買，但是表面上卻裝作在考慮。離去前店員給他一張名片，上頭寫著「執行祕書陳怡君」，並答應給個折扣，他這刻才正眼看了這女人的面孔。陳怡君知道他只是裝作在考慮，但並未顯露有看出來的樣子。在她眼中看來，這個男人的身材瘦小結實，皮膚粗乾，神態有些不自然，也許是「新手」。她總是把一些眼光「由下往上竄」的人稱為新手。的確，有許多店裡的顧客都是頭一次嘗試擁有較高級的家具，因為生涯致富，所以必定會出現在這一站，體會一下牛皮椅而給予他們的尊敬。

隔天林建銘不僅去訂購了那張餐桌，還看了一些寢具和壁櫃。起先接待的是一位年輕的女孩，態度有些散漫，除了定價，什麼都不知道，幸好後來陳怡君回到店裡。他們坐下來輕鬆地談了好一會，言語坦白，沒有心機。起先他當然是認為人家一定是看在錢的份上，但是當他覺得這是既合理又自然的現象時，便認為沒什麼不妥。這個比他小一歲的女人臉孔長得並不漂亮，但是皮膚白細，身材好看，可以說是「後天」盡了全力，他想這遠比先天佔有優勢的人更可敬。於是一星期後，他開始試著和人家有些聯絡。

林建銘沒有結過婚。很久以前是認識過一個女孩子，家裡也是在市場賣菜，個性善良，求學上進。兩人約會過一陣子，但是對方無法忍受他剪貼搜集報紙或廣告上美女照片的嗜好，認為這樣就是心裡有別人，最後還是只能繼續維持普通的友誼。之後在海產店工作時，他在同事的帶引下，騎著半個小時的機車，到鎮上的小巷裡去找過妓女。在那裡他喜歡上了一個年輕的妓女，幾乎每星期都去找人家，不管成不成事。這個胖女孩下巴向前，耳朵裡有股臭味，胸臀豐滿，內衣褲在皮膚上留下了一道不會消失的勒痕。有一次他們便相約去看電影，去港口吃烤肉，兩人的心情都因此比往常愉快了些。這情況讓他的餐廳師傅看不下去了，問他為什麼不要正經的女人，反倒是去找個麻煩，真不知道是怎麼想的，勸他玩玩無害，但是別用心。他是很不希望自己的女人每天與別人同寢，一想到就萬分苦惱，不過等到每次一見到人家，他便又前嫌盡釋，相信此時此刻才是真的。

不料兩個月後，他們居然都染上了性病，身體非常不適，這個打擊終於讓他醒悟，決定不再去找人家。至於這是否還影響了他對女人或者婚姻的看法，這一點他一直不願去想。

半年前，陳怡君頭一次與他出遊，去的就是以前他工作的餐廳。晴朗的天氣讓風景顯得很遠闊，他們下車拍了幾張照片，還開了幾個關於視力老化的玩笑。到了那家海產店時，他才發現居然關門歇業了，前陣子不是還整修了一番，準備要迎接路過去參加國際歌舞節的遊客嗎？走到鄰近的其他店家，問了問幾個老朋友後才知道。原來最近有一個顧客上門吃生食海鮮後，疑似大腸桿菌中毒死亡，衛生單位依法勒令店家停業，派員採集樣本檢驗，並追查來源。根據醫療報告顯示，真正致命的原因，其實可能是一種捕魚用的化學毒劑，即使只是微量，也可能有立即性的危害。當時老伯的說法閃避矛盾，不但不配合要求，還發動了同業去向鄉長陳情。目前整個案子還在進行。

「也不知道他們現在人在哪裡，都沒有人來。」鄰居說。「我們的生意也被連累了，不用錢也沒人敢來。」

「過一陣子就會沒事了。」他說著，同時想起來，難道以前他煮的、吃的魚，也都是被瞞騙的，到底老伯知情嗎？返了一圈，他們看見樓頂加蓋了棚頂，設了幾個座位，連後頭的菜圃都改成了露天庭院，簇新的裝潢藏在陰暗的屋裡，一點也不再熟悉。沒有停留多久，他們就沉默地離開了。解下髮夾，她把被風吹亂的頭髮重新梳綁一次。

對於林建銘這個人，她實在不知道該用什麼樣的方法相處，幾乎只能被動接受安排。在她來往過的許多男人中，很少有類似這樣的人，通常她只喜歡有學問和社會地位的人，好幾年前與她離婚的前夫，便是一位留美的幼兒教育家，個性幽默激進，許多新奇的構想讓許多研習營的學員印象深刻。接著前夫便與一位行徑同樣大膽的女孩了在一起，因此她內心受到很大的打擊。之後，她就一直只與男人維持一個程度的親密關係，而且對象是一個比一個不理想，使她幾乎放棄再費心思與別人在一起了。她的女性朋友多半也是獨自生活，專心工作賺錢。

雖然不是富翁，或是企業家，但至少這個男人是她朋友中最有錢的，最正常、最平凡的一位。她認為的正常和平凡就是這個樣子，有過過苦日子，節儉到有點自私吝嗇，頭腦較不會想太多，很講實際。還有一點就是：有早睡早起的習慣，就算不得不晚睡一點，隔天還是照樣剛破曉就起床，寧可等中午再補睡個午覺。她想起來就覺得有點好笑，自己怎麼會和這種人在一起。不過「新手」這個字這時給了她答案，這是個新的開始，像一本新買的筆記簿，任何人都期望能有這樣的機會，作一個改變。林建銘回去後決定把店交給一位剛退伍的南部來的朋友管，小金額的投資也交給信任的人處理，如此便可以清閒下來，不必再像從前，不必像母親一樣，好像世上沒有別的事可以做。他們可以出國遊玩，抱著一堆旅遊雜誌，坐在海灘的大洋傘下。「很高興認識你們。」她對這要起身走開的，友善的美國夫婦說。這刻她覺得自己不也是某方面的「新手」。前天她喘著氣在這附近慢跑，打網球，結束後馬上回飯店沖個熱水澡，換上衣袍，在陽臺上擦頭髮。一切是顯得那麼新鮮。她在台北的家中根本不曾運動過，而且好像每一刻都被電器用品包圍住，到處都充滿了電線和延長線。這裡則乾淨得空無，她沒想到這點關係有那麼大的差別，甚至就只有這個問題，她被什麼都沒有的單純吸引住。

「我去騎腳踏車繞繞，一個小時後回來。」他說。本來陳怡君也想要跟著去，但是想到也許他正是想自己去逛逛，於是沒有真的提議。換上布鞋，她便往另一個方向慢跑過去。就像在台北時，他們並不是經常在一起，就算在一起的時候，兩人也不一定十分親暱。林建銘從來不會刻意討好、迎合她，甚至沒有興趣設定兩人的關係。假日他偶爾會抱著一袋剛在市場買的菜，穿著短褲涼鞋到陳怡君的家煮一頓不錯的午餐，並跟著看看電視，半天一句話也不說，然後突然來一句「妳忘了澆花」，有時好像主僕，又像同事。他是有送過小禮物，一瓶名叫「漂流」的法國香水，但是既沒小卡片又沒包裝，而且壓在提袋的一份每月收支報告底下（還壓凹了盒了），先是忘了拿出來，接著又找不到在哪，一點也不特別。陳怡君心想，也許是缺乏經驗，他不懂得如何追求女性，或者他認為沒必要懂這種不重要的事，意思好像在說：「我就是這樣，以後也不會變得更糟，先看清楚，要走儘早走。」讓人家沒辦法和他計較。

「有啊，我知道有這種人。」王雅婷在電話中說。「那很好啊不是嗎，輕輕鬆鬆就能應付了，不必顧慮誰依誰，各過各的，有就有，無則無。」

「我不曉得有這麼簡單，以為這是出題目。」她說。

王雅婷和丈夫黃德隆在一家傳播公司工作，她偶爾會去他們那個位在山區，還被室內裝潢雜誌介紹過的家，去吃兩人煮的義大利麵，還有和一隻獵犬玩。

「她怎麼樣了。」丈夫在電話掛掉後問。

「沒事，她最近認識一個男的，可能是一個小氣的有錢人吧，不曉得。」

「她該不會想『馴獸』吧，月底約他們來好了，順便試試新的辣味肉醬。」

「別去管比較好吧，她一直想把失敗的責任推給別人，跟以前一樣。」

「隨便，我只想要讓她試試新的辣味肉醬。」兩人笑著。

陳怡君的家中放了許多書和雜誌，其中英文的精裝書放在最顯眼的地方，內容各異其趣。他學著也拿一本出來翻翻，裡頭的編排和圖案尤其吸引他。

「這都是很久以前，趁打折的時候買的，當時根本沒有考慮什麼，一口氣就花光錢，買了一大堆擺著，現在後悔了，人家現在的新書更好看、更便宜。還有櫃子裡的一堆唱片、錄影帶也是，既捨不得丟，又不是我現在有興趣的。」

「我沒有買過這類東西，不太了解。以前我家很小，什麼都擺不下。」帶著幾本她推薦的名人回憶錄和藝術欣賞的書離開，他試著有時翻開來讀幾段，沒想到自己竟然能夠適應，覺得不難理解，有些段落甚至深有同感。林建銘的好奇讓她對自己原有的東西又重新起了興趣。之前她好不容易才領悟到，興趣不必太過執迷，實際生活上遇到的問題才重要，像是修房子，或是與家人溝通，而其他都只是可有可無的消遣。也可以說，有一點認清到，其實自己很平庸，不應該好高騖遠，嚮往了那麼久的一個目標，很可能到頭來一點也不適合自己，真是白忙了一場。或者，是自信心慢慢沒了。她重新整理家中這些著滿灰塵的重物，覺得這全都不過是一堆著滿灰塵的重物，她要丟開這些，到另一個地方。

雜誌上是一面接著一面的美麗風景，只要花點錢，花點時間，就可以到那些地方。像是一種魔法，一樣東西加上另一樣東西，就會變出不可思議的景象。

聞得出來，剛才那個美國人擦的體香劑，就是以前她用過那個牌子，可是為什麼擦在兩個人身上，會出現兩種不太一樣的味道？她喜歡芳香，認為嗅覺的被動十分女性化，如果遵從嗅覺，她會走到一個視覺所絕不會帶引她去的地方。為了聞清楚一個微弱的味道，她必須十分靠近，甚至貼上去。

體香劑、洗髮精……。小時候，祖父幾乎每年都會從美國舊金山回台北，每次行李中一定會帶回來一大堆日用品，又好又便宜。化妝品是給媳婦和女兒的，還有電動捲髮器，一打一打包裝的香皂、牙膏、成藥、褲襪。給孫子的則是可以吃上幾個月份量口香糖、巧克力、甜穀片、洋芋片、花生醬，以及各種糖果：跳跳糖、繩索糖、彩色水果軟糖、佩滋卡通糖……。怎能沒有玩具呢？洋娃娃、小超人、丹麥積木……，就像是給禮物的聖誕老人，任何人都會分到那些包裝上寫滿英文說明的日用品，這所有舶來品都有著一種平時聞不到的香味，而這就是美國的味道，一個裝滿這類商品的地方的味道。

「我沒有親戚在外國，也從來沒有出國過，以前捨不得花錢坐飛機、住飯店。我媽說，要看國外的風景，看電視就行了。小時候說要看電影，她就說，最好看的片段，電視廣告就已經播出了，不用去看了。可能就是她的影響，所以我一直很不重視享受，沒用過什麼舶來品，香皂、零食都是最便宜的。」林建銘說。看著這個男人以平常的坐姿坐在這裡一同談著從前的事，她頓時覺得有點恍惚，有一點不明白自己怎麼會在這裡，而從前怎麼會在那裡，而獨處與共處又是怎麼發生的？如果所有人都只是在自言自語，那聽見每句話的人，都是不存在的。潮水在沙灘上氾鋪，棄留在一處的沙子城堡被溶散，另一邊看打排球的人群也被落日溶散，這個美麗的小島正在他們的赤腳下趴睡，像是一個還不懂現實為何的大孩子，這裡容許人們幻想，容許人們被幻想溶散。

夜晚他們脫去衣服，一起躺在床被裡，皮膚貼合。由於林建銘一直有性無能的困擾，於是他們只能用比較和緩的方式親熱。原因自己並不清楚，也許是遭禁制而荒廢，她猜想。她認為身體的接觸必須長時間保持習慣，西方人從小就有肢體臉頰接觸的習慣，不會害怕，而東方人則相反，所以才有這麼多東方男人有性能力上的障礙。她以前的男人也有同樣的困擾，她知道自己的肉體要得到快樂是件多麼困難的事。

「這是很正常的事。」

「我要先適應一段時間。」

「不用煩惱這種小事，否則只會越受影響。」

「我知道，有的事我也做不了主。」

「順其自然就是了。」

「我不在乎。」林建銘說。接下來他們什麼也沒說，只是彼此觸摸對方身體，既不冷淡又不強烈，手掌好像是一個徘徊在公園裡的人，邊移動邊在想事情，這裡或那裡，有時停下來，充滿了疑惑，卻又想擺開一切。他們感受到放鬆，有一點癢的感覺，如此而已。這種滿足讓她心生悲哀，幾乎哭泣，但她沒有真的這樣，她盡力在漆黑中露出可辨認的笑容。

避開了「一級戰區」（他們對敏感部位的戲稱，另外還有「大後方」、「碉堡」、「壕溝」之類的玩笑，每次說都忍不住要笑），只在肩膀和頸子上繞，這時他想起了一句常聽到的話：「要有愛才行，沒有愛永遠也不行。」他不記得是誰說過的，總覺得每個女人都說過這句話，聽起來有點可笑，但等真的說出口時，卻又並不怎麼好笑。多久以來，他渴望得到女人的身體，不斷期望將來能遇到一個女人願意讓他觸摸身體，不必管什麼討厭的、抽象的、唱高調的「愛」如何，但又不是尋花問柳，這兩者太極端了。他討厭把肉體看成「聖殿」般神聖的那種觀念，為什麼這樣想就要被歸類成「很隨便的動物」，太極端了。目前他還不敢談這種看法，怕會造成誤會。然而當他這一刻終於如願時（雖然沒有性交，但已經不錯了），他並沒有感到滿足，他發覺自己原來一直被控制住，因為他是在實現從前的期望，這表示他被從前的期望給控制住了，像是個服從命令的奴隸，完全沒有自由。他永遠沒有現在的渴望，只有從前的渴望，那個老舊不變的、重複不休的渴望。他有點想要猥褻這個被當成是高不可攀的聖殿的女人身體，但是並沒有真的那樣做，而是溫柔得彷彿心中有著愛情。

陳怡君認為他只是還不習慣罷了，那不算什麼問題。打開衣櫥拿出早上在商店街買的裙子，再試穿一次。拉開裙襬轉個角度看，獨一無二的手工，讓她的身體彷彿瞬間繪上了一層色彩與花紋，多麼簡單，總是這樣忍不住盡可能改變這改變不了的條件。她想，要一個男人對這個鏡子裡的女人有興趣，是件多麼不可能的事，簡直是刁難人家，要是真有興趣，那就可得小心了，不是有毛病，就是人家帶有憐憫的意思，她可不希望被討好，即使她需要。

「妳穿這件裙子很好看。」幾週後，王雅婷看著照片說。

「那是在當地的商店街上買的，質料很軟，但是會讓我的腿看起來更胖。」

「不會，腿豐腴才性感，Chad（黃德隆的小名）最喜歡這種，對不對？」

「什麼？」他拌了拌生菜回答。「打情罵俏已經不流行了好嗎？」

「這就是他吧，看起來人還不錯，下次找他一起來，我會多約些人。」

「我不確定他習不習慣，也許吧。」陳怡君輕聲說完蹲下來抓抓狗的脖子。

「妳上次說他做過廚師是吧，Chad honey 聽到沒，人家是廚師。」

「有什麼關係，煮飯又不是籃球比賽。啊！說到籃球，我差點忘了，現在幾點？」黃德隆跑到電視前看籃球賽的轉播，生菜掉了一片在地毯上。

她心裡認為林建銘一定不喜歡他們，其實自己也並不完全能接受他們，只是因為幾個不明確的理由，他們的朋友圈子大，剛才還聽王雅婷講到公司要培訓一群年輕人，看看哪些人適合當歌星，幕後則是一群各種專業的人在動手捏塑，「我昨天還在錄音室待到半夜，陪兩個美國來的技師做混音，他們反正有時差，我可睏死了⋯⋯。」她說。

羨慕著人家有趣的生活，陳怡君就是無法拒絕他們的主觀。每年收到他們寄的新年卡片，質感很好的進口卡片，裡頭夾著一封寫滿近來感想的信，這會讓她有一點自卑，忍不住處處比較。其實在這屋子裡她感到充滿壓力，一種能接受的壓力，就等一切結束，在此之前，她會維持好這樣理想的形象，因為她需要看起來是這個樣子。

當晚餐吃得正有味時，外頭遠處突然傳來一陣叫嚷聲，聽不出話的內容，因為聲音的情緒很激動，說得很急躁，但是聽得出來語氣是兩個人在吵架。

「又是他們。」王雅婷小聲說。丈夫的表情頓時變得很嚴肅，一句話不說，拿起葡萄酒的杯子卻沒喝。「隔壁那對夫妻常常吵架，再吵早晚會出人命的。」氣氛十分尷尬，陳怡君更是不知道該說什麼，她聽見了很不文雅的髒話，甚至是禁語，臉上衝來一陣紅。這時丈夫的情緒有點被影響、激怒了。

「真是受夠了，莫名其妙，不可以讓他們再這樣打擾我們了，沒公德心！」

「算了，別理會就是了，人家已經不好受了。」妻子安撫他。

「這不是算了就行的，太過分了。」顯然是因為家中正好有客人，這讓他覺得很難堪，覺得自己的城堡還不夠完美，所以才會反應過度的。他住在這麼偏僻的地方，每天開一兩個小時車上下班，就是想避開公寓式的噪音騷擾，避開小時候父母在南部老家整天吵架的陰影，（他把家整理的乾乾淨淨，不是為了要迎接這個的）沒想到卻還是被緊跟著不放。耳邊的吵架聲還在持續：「我要殺了你，你去死最好……閉嘴××聽到沒，離婚就離婚！」

「那家人很有錢，好像是做珠寶生意的，後院還有游泳池，住我們買不起的大房子，沒想到私底下居然是這樣。反正感情的事誰曉得。」聽王雅婷這樣說，她看著窗臺前的蠟燭燭光，突然有點想聊聊關於男人性無能那方面的事，但又擔心洩漏別人的隱私。主人看客人有話要聊的樣子，便試著引導她說說。

不管說得多麼間接、約略，總覺得對方聽得懂她在說的是什麼，也許是酒精起了作用，她覺得說話像是脫衣服，她受夠了這些束悶的衣服，但是又不可能真的赤裸。瓷器上微微照映著變形的燭光，她感覺整個黑夜不過是一片極大的影子，籠罩這個星球，好像有遠遠一個東西阻擋在光源前，怎麼也沒辦法走出這個陰影的範圍。她曉得這個朋友絕對不會讓她難堪，朋友交那麼久，為的就是用於這種時刻，她應該曉得該怎麼做才對，會守口如瓶的，善意是多麼可貴。

要是沒有正在聊起的那個男人，這天晚上這兩個女孩子不可能如此友好地交談。幾乎被美化了，好像那個男人太需要被美化似的。

獨自騎著腳踏車在鋪著枕木的小路上，林建銘慢慢地讓身旁的一景一物，遠遠地撫過眼簾與腦海，像是習慣不經意用手梳撥頭髮，要是有人跟著，他就不會這樣渴求前行，渴求那條細長的小徑伸進鬆軟的沙地，好讓自己的沉默沒有任何鄙夷的涵義。如果自己真的愛上這個女人，那就必須在意一切，像是打開柵欄，任由牲口野散，所有的渴求都要從她身上取得，才會滿意。幾個白人女孩踩著濕沙走，像是隨時會被海浪捲走，也許她們正希望如此，好讓恐怖的大海有了明確的罪名。

「我剛才去跑步，還有打球，回來洗個澡，很舒服。」

「我差點被海鷗攻擊，可能是我的鼻子有一點像魚。」他笑著說。

「我看像什麼魚。」她瞇著眼睛。

「夠了，換我去洗澡了。妳餓了吧，想吃什麼？」轉過身去。

「飯。幾天沒吃到米飯，就覺得不習慣。」照著鏡子說。

第二章。

她需要置身在這樣一個
有沒有她在都一樣的地方，
不斷出現在不管認不認得她的人們眼前，
並且一次次離開所到的地方，
竄過一處處路上無關的地方。

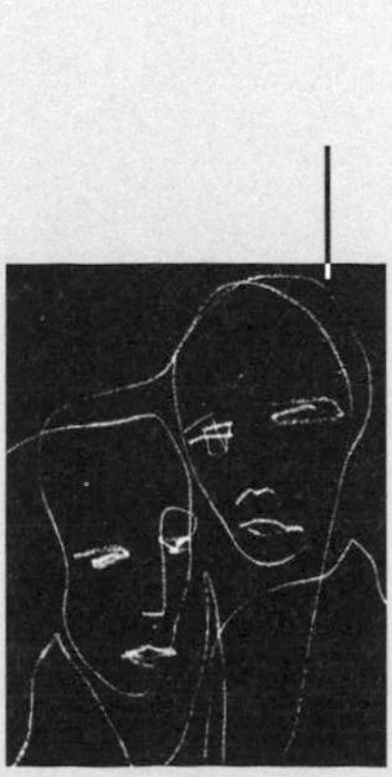

腳下的地板完全看不見，整間陰暗的舞廳都擠滿了人。兩人在巨大的音響和激躁的閃光中覺得頭暈力疲，坐在窄小的角落位子，偶爾無意的推擠也已不在意了，像是溪流底的小石頭，震動的空氣沖刷著他們的皮膚。

陳怡君前天晚上接到一通電話，好久沒聽到奧麗芙的聲音了。她的本名叫陳淑惠，三十二歲，身材胖，從事企劃宣傳，心直口快，以前在王雅婷家見過幾次。她說因為公司拍電影的需要，導演叫她租下一整間舞廳，準備要拍影片中幾場地點在舞廳的戲，並且要找幾百個人當臨時演員，或說當個背景。她留下地址、時間、舞廳名稱，說希望她能來湊合一下，就匆匆掛掉電話了。把紙條隨手丟在桌上，她考慮了很多，不知不覺洗完了一堆衣服。心想真巧，上週才和王雅婷聊天，今天就接到她的朋友打來的電話，她是不是有別的企圖，該不會上次談話的內容被轉述給別人聽了，背後其實想要幫助她？不可能，是的話不就太顯而易見了，也許自己在人家口中傳成了笑話，那就更需要去了解一下。

「我們去看看，隨時可以離開。」她說，電話中有小孩在一旁吵鬧的聲音。

「那是我弟弟的小兒子，才五歲，他只來住一天。我明天會過去。」在說電話時，她一直聽到小男孩情緒不滿的聲音，一下要搶電話，一下又到處敲打，不管伯父怎麼安撫勸訓都沒用。

「真是無法理解。」林建銘無奈說，每個人小時候都是這樣，天性就是野蠻不受約制，就是會胡鬧，硬是把好好的東西弄壞。他沒聽清楚要去做什麼，只覺得能多點機會暫時離開熟悉的地方，他一點都不懷念在菜市場的日子，鈔票和硬幣在身上的小袋子裡亂成一團，接近中午時，攤販們潑著一桶桶清水灑掃，污水一道道匯集，帶著殘渣往溝渠與欄孔陷塞進去，一年年累積著腐臭與血腥，離那些天天來買菜的人遠遠的。那種地方一切都被快速損耗，粗腫的手指頭，泥濘凹陷的地面，嗓音會啞，衣服一下就髒了。

下午，一輛輛機車汽車來到這家位在台北市東區的舞廳前，有青少年，也有成年男女，不少人都打扮時髦。其中幾個金髮的加拿大女孩，走到哪就引起大家的注意，她們早上參加校方交換學生的聯誼活動時，私下受到社團邀請來這裡，正好下午她們有自由時間。入口外頭放置了許多攝影所需要的器材，電線由工作人員到處拉引。陳怡君和他想先在外頭透氣，看看其他都是些什麼樣的人。由於人數比預估來得少，他們馬上就被請進去了，連名字都沒查過。坐在樓上的座位喝瓶裝水，她不久就看見奧麗芙拿著對講機在樓下忙著指揮現場。

「那個人就是我認識的人。」陳怡君手一指說。「其實還不熟。」

「我不會跳舞。」他在耳邊說。「等一下妳去跳，我在這裡看。」他的樣子有點不自在，興奮的氣氛讓他不太適應。攝影機架設的位置並不明顯，演員在哪也不容易發現，感覺上無異於一般舞廳，好像並沒有在拍電影的樣子。他一直不太能體會到這個場合的樂趣所在，就像是在市場一樣，他試著觀察其他人的舉動。在這個地方，人們的模樣會和平時有些不同，他發覺好像有一些很尋常的事，自己卻還不知道，甚至小到不成「事」。例如男女肢體間的適當距離，還有說不上的模樣和反應，別人看起來是隱形的，而自己卻是顯眼的，或者正好相反。

沒想到陳怡君對強烈音樂節奏很能接受，和年輕人一樣毫不排斥，這一刻聽見什麼，就喜歡什麼。有時候她就是覺得受夠了那些感傷、深思熟慮的音樂，想要來一點刺激，像小孩一樣大鬧一場，不必講什麼道理，真是善惡相生。留在樓上，他想，難道這麼多人都是奧麗芙一個人找來的，就算朋友再帶朋友來，那也還是不少，一介紹起來，不就全部認識了。問題是，這裡沒人在說話，沒有人能認識另一個人，「讓身體集體被音樂強暴」她說，這就是一切。

他一不注意，眼睛就跟丟了陳怡君。在位子上向四處看，完全無法辨識每張臉孔。他看到隔壁桌有個外國男人在與兩個本地的女孩子說說笑笑，便好奇地一直打量人家，女孩神情興奮，兩腿在短裙下輕輕移擺。他喜歡看女孩子主動的模樣，不知道何時手會像隻小老鼠般鑽到人家身上，或者想要引發男人讓手這麼做。

這時代的女孩子和他年輕時所見的完全不同，事實上他見過太少女孩子了，而且都是在很單純的場合，一點也不知道這個性別所可能具有的別種面貌，只要稍與他的印象不同，他就會感到新鮮，想要再看下去接下來還會有什麼舉動。他對自己的保守與無知非常不安，總覺得好像會因此損失某種重要的東西。他被附近看得見的女孩子吸引，不斷偷偷盯著人家，幻想這些人私下會大膽到什麼程度，不過既然是在私下，那大概也就沒有膽大膽小的問題了。只是幻想反而讓他更不愉快，他不滿自己無法像別人一樣得到一個年輕女孩的接近。陳怡君不是他會全心全意喜歡的那種女人，這件事很重要，因為個性雖然很好（只能簡單這樣說），但老舊的身體畢竟不如年輕的那樣吸引人，即使那個身體裡是個個性很好的女人。她只是個眼前暫時能先得到的替代品，不是最讓他渴望得到的。不知道自己是否真的這樣想，或者只是他想要重重地犯個錯，以便不再被保守與無知所限制。

一個男孩子瞧了他一眼，他一反應馬上避開眼睛，但是一避開，他卻認為自己沒錯，怕什麼，於是又瞪回去一眼，兩人眼睛撞在一塊，表情嚴肅。他認為這人年紀還小，要避讓也得對方讓才是，不過顯然對方不這麼認為，並且反應更激烈，毫不認輸。用嘴型和表情對他說「怎樣」，他故意回頭望望，假裝不知道話是對誰說的，刺激人家。這讓對方惱羞成怒，直接走過來他面前。他起身要離開，男孩便推了他一把，頓了一步，轉身過來就是還人家一把，頓時兩人打起來。附近有的人還以為這是在拍電影，只是旁觀。女孩這時趕緊過來阻止，才讓衝突中斷。兩人都沒有受傷，只是他拳頭揮中桌角，破了點皮。男孩沒想到他會真的動手，所以有點嚇到了。回頭叫了幾句話，他假裝聽不清楚，手掌搭在耳邊。

看到一陣騷動，奧麗芙過來看看有沒有事，陳怡君也跟上來，心想怎麼才走開一下子，就惹麻煩了，好像這樣做的日的就是為了召回她。見到奧麗芙，她試著解釋一番，人家很客氣，說沒事就好，還說沒有照顧好大家，覺得很不好意思。

「謝謝妳來，請多留一會，喝點冰的，這場面實在有點亂，抱歉。」

「有一點誤會，我道歉，他不會惹麻煩的。」拉到一旁說，並看了他不在乎的樣子一眼。之後他們便鑽到另一個角落，想要當作完全沒有剛才的事，她沒有說話，陰暗中整張臉彷彿脫了層假皮。

封在這個沒有窗戶的大盒子裡，他們明確感受到一個獨立的空間隔絕了他們與整個真實世界的連結，那些可信的天空與道路，此刻都徹底與他們斷開了，擁有的只是一群散亂的人影與停滯的知覺。

在談租借場地時，店家簡單擬了一份合約，要求這一方負起所有責任，包括人員秩序的維護。奧麗芙認為場地本身的性質與老闆所指的「秩序」有牴觸，「難道我是要用來開社區大會的嗎？」她當面說。既然是要場面自然，她就勢必得動員精於此道的人，例如學校社團。其實她都計畫過了，她希望來的人要有三成是旁觀的「新手」，兩成的老手，其他則只要是「點得起火的柴」就可以了。當這些人玩得投入時，哪還管得著秩序，要擠哪就擠哪。當然沒有人希望發生事情，但是要大家小心翼翼「維護場地原貌」，規規矩矩在自己分配的範圍內，「那我乾脆去租殯儀館算了！」她又辯說。雙方都想壓過對方，奧麗芙認為對方根本只是想提高額外的租金，才會故意臨時又提議刁難，氣氛很不愉快。

「收工。」導演摘下帽子，抓抓頭皮說。「就讓孩子們再多玩一會吧。」這才終於讓她放心地喘一口氣，忘掉之前溝通時的種種憂慮與不悅。她對於把這個「孩子們」湊在一起的作為很得意，彷彿興邦立國似的，她曉得在場這些人的底細，只要一有通路，他們就嗅得到，並且依附上去。如果沒有她，這些人現在有辦法這麼快樂嗎？為此她有資格得到奉承，穿上那件不便宜的薄上衣，在這一切結束後去好好享受一下。

人們紛紛轉移位置，有的到熱一點的場子裡，有的則相反。這時沿著牆邊，一個女孩手上拿著一小疊明信片般大小的廣告單走過來，給了林建銘一張，沒說半句話，只是微微點個頭就又馬上走掉。他一看，上頭寫著「綜合戲劇，虛實之橋」

八個大字，底下則註明「娛樂即創作即醫治即宗教……，新天地就此闢開。」這麼簡單一行語意不明的怪句子，後面則是一個電話地址。他探頭看看那個瘦小女孩子的背影，發覺傳單並不是發給每一個人的，而且沒有人在注意誰有或沒有這樣的小傳單。他不曉得這是依照什麼條件決定發不發的，是年齡、外表或是舉止，心裡覺得幾分怪異，便隨手把單子塞進口袋，不去理會。

她需要置身在這樣一個有沒有她在都一樣的地方，不斷出現在不管認不認得她的人們眼前，並且一次次離開所到的地方，竄過一處處路上無關的地方。有時剛進到家裡的一刻，她會突然忘記剛才是去哪裡，就像忘了早餐午餐吃了什麼，等下一刻想起來時，往往又想起許多沒問的事，例如午餐後聽到同事講到關於生孩子過程的生動描述，傳神的形容，以及聽的人的難過表情。「就像我們拉屎一樣，一不用力，小孩就會縮（這個動詞用閩南語說）回去。」她一點也不知道幹嘛還記著這些事。

「我以前有一陣子常和人家打架。」林建銘說。

「結果呢?」她問。

「運氣不錯，我比較像是不要命的瘋子，通常會嚇跑人家。」

「要是人家報仇，你就真的沒命了。」

「要真管這些事，那還用得著打架嗎，乾脆猜拳不就得了。」

按照老闆前幾天的要求，她必須負責幫忙店長籌備下個月的展售週活動，一份相關資料擺在桌上，讓她回到家就提不起精神。英文字典捲著頁角放在眼前，夾著無數生字。她的字典有特別的標示，她自己在常用的字首部分，像是 re、in、ex 等等，貼上小紙片當記號，以便利查找。

資歷一久些，參與的公司事務就會增多，她不希望如此。換過很多環境相似的工作，這一次是最投入的一次，當初幾乎確定往後就會長久留下來，這也是原先培訓的條件。為此她向一位同行的朋友討教過一段時間，也可以說是被輔佐，進而與人家有了私下的往來。可是如今她又覺得疲倦，像是厭惡一段婚姻關係一樣，想要什麼也不顧地脫逃，她的確有在時機尚未許可的情況下脫逃的前科。這個矛盾的個性困擾著她，每次好不容易獲得一點成績，就開始產生另一種渴求，也許父親的遺產正是最大的後盾，金錢上的無虞寬容了她的主見。

「我也知道溺愛是錯的，但是對於妳，我的寶貝女兒，好像再多的寵愛都不算是溺愛。」父親揮著那條破舊的毛巾擦臉時說。她無心地翻著字典，讀出那些英文單字。小時候本來母親打算讓她隨祖父到舊金山去，祖父說：「我們去美國好不好，那裡有很多餅乾，學校有很多小朋友。」但是父親捨不得，總覺得孩子自己一個人在別人的國家成長，好像不太對。記得父親從祖父身邊遷過來，用說笑的語氣說：「留在台北比較好啦，反正這裡就是一個小美國城了啊。」回想自己如何走進那家開在美國學校附近的英文舊書店，小瓷娃娃排在櫥窗邊，裡面充滿木頭的質感，書本紙張的氣味與顏色，兒童書的圖案，雜誌的照片與廣告。她還記得搭車直走過橋後左轉，那家吃得到冰淇淋的牛乳公司的西餐廳，坐在白色的鐵條椅上，玻璃桌面送上一球裝在半圓形不鏽鋼杯裡的冰淇淋，身上穿著的是在外銷成衣店買的新潮款式的羽絨背心。她與父母到電影院去看了多少部美國片後，還去買了電影的唱片，回到家則又在電視上看了多少美國歌舞節目與喜劇，連本地的節目也要尾隨模仿。加州柳橙汁、調味汽水……等，所有一切彷彿都在那句話的照耀下閃閃發光——小美國城。

讀通一段講複製古典餐桌椅的文章後，她擱下字典去洗澡了。在衣服盡退後，一陣寒冷讓她打了哆嗦。她認為林建銘不可能真的喜歡她，就像自己也未曾需要過這個男人一樣。當對方在床上纏抱她時，她覺得像是被一隻大蟒蛇張開嘴巴，慢慢活活吞進肚子裡。有時候她覺得，人的肉慾是人一切努力的動機和目的，而不是一樣可有可無的獲贈，是一定要有才有意義。這個吞吃著她的男人，和任何一個男人沒有不同。漆黑中，手掌對她而言就只是個手掌，這就是真相，在親吻身體時，像是一小口一小口急著啃食樹葉的毛蟲，一點也不需要知道她成長的背景，那早都過去了，之後還有太多漫長的日子在整修她這間老房子。從某方面來說，她的選擇並沒有太大的意義，「喜不喜歡」更是一個幼稚、不切實際的依據，就像是一個空洞的口號或誓言。這個發現雖然有點讓人沮喪，但同時卻也給她一種全然的放鬆，她需要這個發現，讓她暢然呼吸，漠視得失。甚至因此可以接受各種可能，如同登上幾十層的高樓，腳再也踩不到遠遠的地面，底下不管什麼樣混亂，全都渺小得有趣。

晚上十一點半，林建銘來到她住的地方，要求進去屋裡。未事先告知的原因是，本來他只想出門吃消夜，順便逛逛，結果在幾個紅燈的等待時，臨時改變主意，而且若是先說，可能她會有別的意見。他從來沒有這樣的舉動，早睡早起的習慣是改不了的。這個晚上他一直睡不著，所以他這一趟是來求取歡合的。坐到沙發正中央的位子，頭往後鬆靠，他沒有馬上說出要求，不希望造成不恰當的氣氛。陳怡君知道他很怕又落入以往的獨處狀態中，當他想到有一個女人在某個地方，容許他接近，他便無法再忍受獨處。窗口切下一塊私有的風景，柔軟的坐墊讓人不想久站。她的半張臉蓋在長長的褐色頭髮後，展售活動的準備與其他的打算給她莫大壓力，晚餐的菜沒吃多少，只是猛灌冰茶水。雖然已經有過幾次經驗，但是每次他都不確定要怎麼開始身體的接觸比較適當，他很怕這個自尊心很強的女人，會因為他的言行失誤而拒絕他。

心想再遲的話會耽誤到明天，於是他走過去摸摸陳怡君的胳膊，沒說半句話。手指反覆搓玩著髮夾，眼前的景象望得模糊。她有一股衝動想跳入一池冰水裡，讓這熱暖暖的身子熄滅、僵硬，變成一座可以在撞擊下脆碎掉的冰雕，否則她會想要狠狠傷害這個男人。在一陣順從後，她把心裡的想法坦白告訴林建銘。她說身體的接觸會馬上產生慾望是沒錯，可是他的性能力無法帶來滿足，她會因此覺得很難過。關於這點林建銘不意外，他心裡早就擺著這件事，甚至可以說是一直在逼她講出來，所以當真的聽見時，他的反應很冷靜，只是覺得很難堪，甚至很可笑，因為這件事居然只是這麼幾句話就可以說完。陳怡君知道這是很普遍的現象，自然不必忌諱隱瞞，她認為自瀆是暫時唯一的辦法。

夜裡滿心挫敗回到家中，林建銘眉頭牢皺著，覺得世上什麼東西都無法娛樂他了，食物的飽足只是不斷在餵養他這個愁苦的神智。他的女人為了性慾的不滿足必須拒絕他，幻想著那個小小的身體會需要一個什麼樣的男人來弄一弄，他無法忍受這樣的折磨。他感到身體有一個部分是脫離頭腦控制的，無法像手腳一樣按照人的意念活動，那個部分是個無比陌生、無比遙遠的自我，黑暗神祕，靜默潛隱，無法理論溝通，無法證明測度，好像自己並不擁有這個部分。

「我們應該怎麼辦。」他說。

「這不是對錯的事，我們還是可以和以前一樣。」陳怡君說。

「不可能，是為了什麼要和以前一樣。」

「你一定不希望我也一樣難過。」語氣輕弱。

「如果我有能力，我絕不會這樣溫柔，我會非常自私，非常殘暴，我會想讓女人變成一個性工具。」他兩眼盛淚。「如果有一天我有能力，我會虐待妳，然後我就會很自責，很憐憫妳，因為只有自責和憐憫才能夠證明我有能力。」

「很多人都是這樣子。」她沉默了一會說。

「不，大家跟我不一樣，我吃過的苦沒人知道。」

「那不重要，一切都是可以改變的。」

「太遲了，我不該忍受這些的，這不是我的錯。」表情苦惱。

離開的時候，一群不知從哪來的飛蟻，悄悄沾進了窗戶，一瓣瓣薄翼斷散。

換上布鞋和短褲，假日黃昏的時候，陳怡君突然想到要去慢跑，就像是上次一樣。走到附近學校操場，中央施工的工程車重重地翻挖著土，一堆堆模板和水泥擋在一旁，沒辦法活動，她只好出來到街巷上，稍寬的路車輛來往頻繁，窄的路則是住家的孩子在騎三輪車、玩皮球。於是她放棄跑步，只能走走路。那個晚上的事情並不完全影響到她，因為她明白那只是一個階段情緒上的不適應，過一陣子就會想通的。但是影響到她的是，她覺得這種障礙會一直重複出現，一直干擾她順利追求滿足，這是永遠不會改變的，她必須脫離這個受限制的狀態。路旁一家水族館吸引她過去，一箱箱色彩紅豔的小魚成群游竄，身上的花紋各異，圓圓的眼睛像人一樣瞧著外頭這個沒有水的世界。

她和林建銘去過一家大型的水族館，裡頭還有鯊魚隧道，那簡直就像看到了外太空，只要在那一面玻璃牆前待上十分鐘，任何人都會沉迷在其中的。他們坐在一個可以遠遠看著一隻肥大的海象浮沉的座位上，藍色的深水安靜沒有重量。林建銘想起來，說他二十幾歲時，本來家裡已經存了不少錢，可是有一天，母親在家門前趴坐地上，全身發抖，神情驚駭恐懼，問了很久才說清楚是怎麼回事。

「全都沒了，有一個人，把我們家所有的錢，全騙走了。」聲音低暗說。「我有去派出所報警。」

「是什麼樣的人？」他問。

「一個穿襯衫領帶的，他說他是銀行職員，說要……。」母親一陣頭昏眼花，抓痛了他的胳膊。後來一直沒有消息，管區員警還指責她就是起貪念才會受騙上當。這個打擊讓家中一切都得從頭開始，他覺得自己的人生就這樣一夕間被一個陌生人改變了，多年後，他有時還會想要見那個人一眼，看究竟是個長什麼樣子的人。「一定長得很親切，甚至討人喜歡的樣子。」他甚至認為，自己以前喜歡打架，原因便是希望有一天能報仇。他在安慰母親時開過一個玩笑，說要是早知道會被騙錢，那他們之前就不用那麼努力工作了，母親沒有反應，像是從此變了個人，不再親切隨和。

「她可以一直不說話，忙碌個不停，有一點像禽畜的模樣了，無法溝通。」

他輕輕扶著陳怡君的腰說。記憶把從前的時光變成深水一樣的東西，他們的話語變成氣泡，片刻便冒衝到天外天。

他必須儘早說出一切，讓對方能夠儘早判斷，是否還要坐在一旁，或者再也不要見面，否則就等於隱瞞了一些事。可是如果晚一點再說，也許很多原本人家不能接受的事，會變得能夠接受。睡醒後又躺了一個鐘頭，一點精神也沒有，他後悔昨晚去找陳怡君，如果再遲一陣子，就一定不會被拒絕。都怪自己太急躁，不，他認為自己並不急躁，因為他已經忍耐十幾年了，要是再多忍耐一天，很可能就會永遠喪失活躍的能力。他必須在自己產生慾望時，立即不顧一切地去滿足，而非一次次消滅慾望，以自殘為榮，他心裡悲傷而憤怒，彷彿死亡是種值得去肯定的貢獻。白天幾通電話打來和他討論店裡生意的問題，他無心地隨口應付，突然一點也不曉得什麼事該怎麼做，只是抓起一桶滿出來的髒衣服到陽臺上，習慣性地站在這裡洗滌著。

掏掏每個口袋，避免洗到衛生紙或是鈔票。結果在一個褲子口袋裡，掏出了一張皺損的廣告紙，也就是上次去跳舞時拿到的那張。上頭的字句還是看不懂，只有「戲劇」一個字可以想像，這大概是賣票讓人看戲的表演。他和陳怡君在國外看過一次英文的歌舞劇，故事簡單通俗，表演得很有趣，其實那種感覺和在路上看熱鬧很相似，而且自己好像被推送到現實時間之外。陳怡君沒想到他會真的喜歡，結束後一路討論劇中的情節，坐在小吃店露天的座位，他們討論得不在乎熱狗麵包的醬料太鹹。

「小時候我們全家人常常一起去看電影、聽音樂會，然後上館子吃飯，暗中和一個醫生朋友的家庭互相較勁，看誰的生活水準比較高。」陳怡君說。「也許你不相信，少女時代我還去跟一個法國男老師學過芭蕾舞，他要求我們要用法文念基本舞步的名稱，像是『八特蒙東度迪蓋榭』或是『度米耶普利葉』之類的。」

「妳說法文耶。」他睜大眼睛笑說。「有機會我們應該常去看表演。」

洗衣機攪轉著漩渦，衣服如溺水者，任隨擺佈。他知道接下來又得回到獨自一個人的真實生活了，觸摸著一樣樣連接擴張出去的東西，衣櫥、牆、門、樓梯扶手⋯⋯。過去共處的日子，那個他所曾佔有的女人，如今全成了一場虛幻的夜夢，現在他必須徹底醒來，弄清楚究竟這是什麼。打個電話去問，一個女孩子的聲音說，劇團表演是每兩天一場半個小時的短劇，這兩個星期演的是一齣叫「防身」的喜劇，門票也不貴，於是他打算去看看。

地點是在一個靠近郊區的住宅樓房地下室，門外有一塊不大的木頭招牌，上面寫著「綜合戲劇，虛實之橋。盧氏私人劇場。」他站在外頭向門裡望了望，沒有人在的樣子，整個附近的氣氛實在冷清，他有點後悔，但是來了就進去吧。

盧先生原本是位地方上的大人物，為人豪爽，由於生前熱愛戲劇，經常招待失意的窮演員或劇作家來到宅裡作客，餘興時會演演幾段雜劇，後來聲名漸噪，吸引不少人來參與。不過由於許多因素，劇場一度沒落，近來才又在一群師生同好的重整下恢復活動。劇場的座位只有近百個，咖啡座則約十來個，舞臺小得容不下幾輛車，林建銘很懷疑這能演什麼戲。開演前環顧四面，觀眾不過二十人，而且有些明顯還是自己人或朋友（有一個好像就是在舞廳發傳單的那個人），他覺得好像來到陌生人的家，一點也不如預期。

戲準時開演。《防身》的故事講的是兩個貌美的年輕女子，因為害怕在路上遭到色狼強暴，所以買了一組昂貴精良的防身武器，天天帶在身上。可是兩年過去，她們一直沒有遇到色狼，也就一直沒有使用到防身武器的機會。兩人越想越不甘心，於是決定要到處引誘男人非禮她們，好讓防身武器有使用的機會。整齣劇就在這個本末倒置的情節下展開，到最後結局更是意外，看得所有觀眾投入其中，包括他。他滿意地鼓掌，頃刻完全忘掉了這幾天的愁煩，當然，想到可惜陳怡君沒有來，他還是不免有些失落，不知道該怎麼接受事實。

結束後，咖啡桌上準備了免費的茶點，臺上臺下的人大多聚在這裡交換意見，笑指幾處剛才即席的發揮，好像下次再演時，又會有所不同。只有他沒有吃茶點便匆匆離去，背影看起來有一點像是走錯地方的樣子。

走到哪都不對，有時候竟會有這種奇怪的感覺，有時就是需要一個開闊的空間，甚至每個鐘頭都需要，可以眺望一下，可以走幾步或跑幾步。水族箱裡的一隻隻眼睛與人多像啊，他忍不住說，他說過，小小的水族箱就像是個醫院裡的加護病房，濾水器關掉魚會死，氣泡機關掉魚也會死，水換多換少了還是會死。「然後沒有便利商店人會死，沒有發電廠人會死，妳知道我的意思吧。」陳怡君還是找不到一段路可以慢跑。站在路旁等綠燈時，一隻野狗與她互看了一眼。

展售會結束後不久的一個週末，她試著與忙碌的王雅婷聯絡，間接提到自己換工作的意願，因為以前的確有幾次，人家有說到幾個不錯的機會，至於個人私事這次則隻字未提。對這次見面王雅婷有點意外，認為她該不會是故意想出難題吧，不然就是真的對自己不了解，或者是不在乎了不了解。頭頂上方的塑膠雨棚在陽光的熱曬下，膨脹得啪啪作響，看看手錶，想到快要來不及出門，便先大致與她推託一番。

「現在是他們年輕人的時代，以後我們有得受的了。看，我這種人完全沒有下班時間，沒有假日，等一下我還要去內湖看一個甄選會，真是入錯行。」一站起來穿上外套，撥撥頭髮。在門口分開後，她搭上一輛路線近捷運的公車回去，情緒十分沮喪，偏偏四個中學男孩正在座位旁不停大聲說笑推拉。她發現自己其實一直沒有真正的主見，只是在學別人那令人羨慕的模樣，假日擠進連鎖咖啡店裡讀著報紙上的政治經濟分析，自認成熟，結果只是活在薄薄的一層表面上，一段時間後就被帶到另一個地方。也許自己根本不是這個料子，卻硬是不認輸，讓事物不斷反覆。已經不是第一次這樣反省，但最後總是相信這次可以徹底改變，脫離窠臼。她不知道怎樣當好自己的主人，似乎總是希望能由別的主人來引領，她不認同自己的相貌，排斥自己的語言，貶抑周遭的客觀現實，終至自伐殆盡。

不是這塊料子。她想，也許自己和從前在市場賣菜的林建銘是一樣平凡的，而每一本從前讀過的書，只是轉移了她的注意力，讓她自命不凡。公車不停震動著她的身體，背部以下一陣麻癢。現在她似乎需要靠這一番自責來平息內心的沮喪，好像能認清到「不好」，也算是一項稍可安慰的本領了。

「我好困惑，總覺得拿不定主意。」她脫掉涼鞋，踩在布滿石子的海岸上。

「我才不去想那些，寧可去看電視，無知就無知吧。」林建銘說。

「我沒辦法像你那麼天真，也許瘋子就是這樣吧。」

「可不可以請妳不要批評我的女人？」他們笑著。走到潮水侵及的邊緣。「我們來玩一遊戲，我們不要看地上，同時蹲下，然後各自撿起地上任何一顆小石頭，然後比比看，誰撿的石頭上面的花紋比較好看。我知道有點幼稚。」

「有點像決鬥是吧。」他們看著對方的眼睛，蹲下去，摸起了個小石頭。

「數到三，手掌打開（這個海岸的石頭都有花紋）。」他們一陣比畫嘻笑。

「萬中選一，感覺到了嗎？」他又說。

海水成波、成浪、成潮，好像是在慢慢將人的想像帶遠，遠得脫離了出處，無人招認，陌生而孤單地縱生著，在此在彼，形影消散。

第三章。

他這一刻感到某一處開了一個洞口，
在這個洞口裡，他無意間窺見一切始未，
那是個既定的事實，
他不曾停止掃視一群群到處遊走，
滲入各個角落的面孔，
為的就是準備要見到一個終點，
一個具有吸引力的女人，
一個可以讓他甘於接受一切虧缺的至高價值。

時間還早，車子繼續在附近繞行。一條去年才拓寬的道路，平直地伸進一片重劃的老住宅區，另一邊則是高聳扛天的辦公大樓，周圍移植了一排掛著幾叢葉子的小樹，幾隻麻雀啣著乾草，朝冷氣機的縫隙飛鑽。坐在停好的車內，林建銘吃著一份路邊買的燒餅豆漿，聽收音機上一個醫療保健的節目。

喜劇《防身》上演的最後一天，他臨時決定再來看一次。「盧氏劇場」目前分成兩組人，每月固定兩個星期排練，兩個星期上演。正團的風格嚴肅傳統，副團則新潮通俗，交由一群年輕人自己玩。自從半年前留美的謝老師回來接管後，副團的作風更加激進大膽，有時他們會為了一些政治訴求，主動走上街頭表演諷刺話劇。回到劇場則經常玩弄前衛概念，搞得觀眾甚至團員不知道那是在幹什麼。為此「盧氏」的內部開始有些不同的意見，一位元老還預言，副團早晚會分裂出去。謝老師的觀念認為，沒有「戲劇虛構」這個東西，只有「第二現實」，也就是沒有區隔意識，而是演員自然反應出如何被情境條件左右。

節目單上只有文字和一個草圖，林建銘反覆讀了幾次，其中有些地方不太懂，例如「機制」、「投射」這些字，這類字讓他心生自卑，因為字典查不到解釋，就算有解釋，也必定又是個難懂的敘述句。在演員表裡，他找到了一個名字，就是擔任主角「長腿」的楊施，一個年輕的女孩子，身材高挑，長相很迷人，走到哪總是吸引每個人注意，何況她總能掌控觀眾的情緒。在臺上扮演這個性格極端的角色時，她刻意誇張一點，讓自己看起來有些可憎的喜感。林建銘幾乎一眼就感覺到這個人的醒目出眾，不願把視線移開。

這次結束後他留下來吃茶點了。站在一面貼滿劇照與海報的牆前，他不禁投以羨慕的眼光，當然，他也知道自己正在別人眼前「表演」。一旁的年表與剪報，是這個小團體的光榮紀錄，陌生的領域與一群特殊的人，一種必然的隔絕攔住了他的路，引起他沒情理的不滿。照片上楊施的樣子在不同的扮相下，有著截然不同的神韻，彷彿是個千面人。這時後面傳來一陣喧擾，轉頭他看見楊施和一位男伴一起往門口過去，準備先走一步，要趕到機場搭飛機，同事們一致熱烈道別。接著大家又回過頭來討論。「有些人可能認為這齣戲不合情理，其實正好相反，因為買防身武器這個心態本身就是異常恐懼，而後來的暴力行徑，正好解釋了恐懼心態者所壓抑的報復慾。既荒唐又合理，真是精采。」一個學長觀眾說。

「對，我也常感覺到，平時最善良的人，一逮到機會，往往卻是最凶狠的人，這種『要鬧大家來鬧』的心態，其實背後有一種很特殊的邏輯，人把自己變成自己最討厭或最懼怕的那個人，把錯誤替對方犯得更加徹底，最後毀掉之前辛苦保護的東西。」一個團員說。

「這就是可笑的悲劇，多麼矛盾的命運，如果明知如此，人還是願意面對，那這又是什麼？難不成是可悲的笑劇，是的，真正的絕望者，就是笑得最狂的那人，笑吧朋友，我們別無選擇。」另一位團員說。林建銘邊聽邊啜飲著紙杯裡的熱茶，他不曉得人是會這樣說話的，但這正好又符合他對於這個小團體的想像，好像再不可思議的事發生，在這個地方都是理所當然的。

大家這時刻都在動腦，一種看不到的運動正暗中進行著。一個負責後臺操控的人瞧了他的空杯子，就近與他說說話，稍微傾身過去。

「再喝點茶吧。」見他點了頭謝謝，又說。「你來過這裡嗎？」

「沒有。」隨即又改口。「不，上個星期來過，這算第二次。」

「以後歡迎常來，這裡看戲很自在，自在到讓人不習慣。」小虎笑了一下說。

一位助手跑過來在這人耳邊問話。「不對，你要先把整個架子移下來，然後才能打開開關，昨天才講的怎麼就忘了。」小虎接著小聲比畫說。他在一旁注意到，自己和這裡的人看起來就不一樣，連穿著打扮，都顯得格格不入。不過這個機靈的年輕人似乎知道這一點，也知道他不希望被看出心思，或說希望被忽略，以便能夠坐在觀眾的位置，繼續安全地窺看。他覺得別人一定知道他是拿到傳單才來的，而一個人會只因為拿到一張在某種場合散發的傳單，就乖乖來報到的話，那這個人是多麼好欺負。他小心防禦人家的刺探，但是又覺得既然敢來，就沒有必要防禦了，否則為什麼不乾脆快走，也許還能趁早引出人家的意圖，那不是更好。是的，他才不怕，要怎樣就來吧，一種想打架的心態再次左右他。

然而表面上卻是隨和的，他注意到小虎並沒有局限在唯一的話題上，而是順著他的反應，廣泛地牽扯別的感想，雖然開口說分明的人不是他，但是終究還是聽的人，他沒有拒絕，好像什麼都能接受，並且期待聽到想聽的事。留得越久就越走不開，真不知道怎麼應付，他發覺自己一個人是無法像陳怡君一樣，在這種地方多留一會，他本來是絕對不可能去那個舞廳的，他覺得好像被帶來丟棄在這個地方，遇到不該由他遇到的事。那自己應該遇到什麼事才對呢？他想。

幾本尚未還給陳怡君的書還放在床頭，這些書在與她分開後，好像就失去了一層魅力，無法再讓人想要埋首其中，從前自己所做的一切都是為了一個最終目的，希望她能願意提供一種絕不會再提供給別人的珍貴東西，不管那東西是什麼。

她知道這個男人在年輕時沒有得到過一樣東西，這個缺憾會讓他一輩子都在追求那樣東西，或者尋找一樣可以勉強取代的東西。然而當這個人會為了缺乏那樣東西而悲傷時，那麼那樣東西便永遠不會被這個人追求到，因為人無法為從前的飢餓去飲食，人只能為現在的飢餓來飲食。時間將人與他自己的過去隔離開來，當「過去」脫離了人的雙手之後，往事便會產生一種崇高化的形象，這種崇高會奪去人對「雙手」（指各種能力）的自信。於是這危及到是否應該再相信自己能掌握現在，因為對人而言，除非有意脫離，否則「現在」都將只是往事的再延伸。

她放下書本，躺在床上靜思。

她想不出躲避林建銘的理由，只是自己沒有立場提出意見。不久後，在王雅婷的推薦下，她試著與奧麗芙一同工作，負責聯絡洽談一些繁雜的事項，例如幫忙租借場地或音響器材，幫忙宣傳活動及監督訓練等，這方面所需要的小技巧她是有的，儘管偶爾因為不熟悉狀況而犯錯。每天的早出晚歸，行事曆與電話的束綁，臨時的難題，讓她幾乎不能適應。王雅婷說：

「我到現在還是搞不懂很多應酬的規矩，但問題是所有人都差不多，都希望互相給點方便，自然一切好壞就沒有人講究了，只要事情辦完。」

月底的時候，有一個商品型錄要拍攝廣告，她受指示必須去中文學校裡找幾個西方人來擔任畫面陪襯，外貌只要平凡即可，不能搶走主要模特兒的風采。按照約定，一位受她委託的校內學生，負責在週末以前把人找齊，一起來到排練室，直接討論隔天的拍攝內容。

「人呢？」她看著這個學生與後頭一位馬其頓的男生問。

「他們說馬上就來，可能是他們兼差上英文家教的課被耽擱了。」學生說。

「他們不是說沒事，怎麼現在又有家教課？」又問。

「喔，是這樣，因為他們是幫朋友代課的，不是自己的課。」說完差不多過了半小時後，其他人才陸續到。一人發下一張影印資料，她大略用中文夾雜英文講解了整個過程，之後就打電話轉告奧麗芙整個狀況。這幾個白人彼此認識，除了年紀較大的那位美國人例外。瑞依史考費爾德，三十五歲，中文名字叫史睿儀，來台北才兩個月，他對中國文化很有興趣，平時除了上課和打工外，每週還會去一家位在小巷子裡的國術館學功夫。獨自專注地讀著中文字，他的神情有些迷惑，拿起筆便在紙上寫起一行小字。排練結束後，看看手錶，他抓起一串鑰匙和大背包，便擠出一片談笑聲外，趕赴下個約。陳怡君注意到了這個人，認為瑞依的鬍子也許會影響到整個畫面，但是又不敢提出來，因為是別人拍攝的，她可不願自作聰明，得罪人家，她寧可自己扛下責任，等明天再讓奧麗芙來批評。不知道為什麼，她就是很怕會讓外國人不高興，彷彿主人惡意刁難了客人那般失禮。

沒想到，隔天早上一到攝影棚，她發現瑞依已經把鬍子剃掉，露出一個白尖的下巴。她沒有問人家為什麼剃掉，但是她的表情似乎已經問了。同時這裡沒有她的事了，站在工作人員後頭看了一會，熱亮亮的燈光照白了乾淨的塑膠地板，鏡頭以外的四周則是相對陷入陰暗，退離猛拉過來的電線，她知道自己該走了。

下午她老遠跑了一趟監理所，幫分公司裡的一位演藝明星繳違規罰單，接著又拿收據回公司報帳。一路上她覺得極為疲倦無聊，炙熱的陽光像是在對著人們用刑逼供，逼人說出心裡的不滿。想到要扮演一個低卑的角色，她就無法以正常的思考來應付問題，但是似乎也只有低卑才能保護她不被問題所限制。半路躲到一家店裡喝杯冰茶，望著門內一缸游個不停的魚，她想，如果當初自己退讓一點，大概就不會造成林建銘的難堪與羞憤，既然話已說，意已明，那應該就沒有顧忌了才對，她猜想，說不一定其實對方心底很希望能挨那麼一下，之後反而更需要她的接受，既使自己必須安於低卑，那也不算什麼損失了。

晚上翻翻日曆手冊，她考慮要去找林建銘。這個改變的想法並非無中生有，她回想起來，發覺好像是早上那個白尖的下巴給她的靈感。史睿儀的鬍子一夜之間就那樣消失，整個人的容貌都變得不同，她站在後頭看著，然後離開，穿過一條堆滿道具的走廊時，忽然全身一陣寒顫，好像一瞬間便過了好幾年似的怪異。

林建銘接到電話時很平靜，他們聊最近的情況。

「那就好。」

「我也不知道為什麼上次會那樣。」她語氣低卑說。

「本來那就是很自然的事。」林建銘順著話說。

然而之後他們卻遲遲未見面，因為見面比說電話更真實，更不容易接受。但是心裡總還是想見面，結果見的卻是另一個人。

隔了兩週，盧氏副團推出下一齣戲，劇名叫做《混血》，風格殘酷病態，充滿幻想，首演場坐在臺下的林建銘覺得有些驚駭。故事是說：有幾個獨立自主的西方女孩子，組成了一個小團體，她們專門到世界各地旅遊，與世界各個種族的貌美男人交媾，目的只是想懷孕生下混血兒。她們堅信混血的人類最好看，自稱為「基因雕塑家」，這些混血兒被集中豢養在一個別墅中，母親們為孩子拍生活照，開攝影展，賺得一筆錢，並引起別人爭相模仿，人權團體為此嚴厲譴責……。但是母親們甚至準備強制這些「二分之一」血統的孩子們，在青春期後再互相交媾，生下「四分之一」血統各異的孫子，顛倒倫理、藐視禁忌……。楊施這次在劇中演出一個領導人物，許多段重要的臺詞皆出自她的口中，那些話語被她說得像是一把火一樣熱燙，焚燒著四周的空氣（平時沒有人可以這樣講話的）。她的角色行徑大膽輕佻，戲弄男人，解放自我。林建銘從來沒有從這樣一個非現實的角度去看一個人過，好像這個女人只存在於虛假的舞臺上，一點也不管外頭的現實是怎麼一回事，性格強烈不隱藏，像一幕奇景，一個模型，推翻了情理與一個人應有的面貌。

他知道非現實不是虛假的。母親總是迷信，彷彿神與鬼才是世上的主宰，而人只有乖乖臣服的份。為什麼人會把心靈寄託（他常聽到的說法）在一個玄怪荒誕的思想上，且不自知呢？很多人的父母都是那樣暗地裡信奉一個異教，花再多的錢都甘心，好像一個間諜一樣，表面上遵守常理，慈善祥和，但心裡、背地裡卻向上級打小報告，參加殘忍的獻祭儀式，默許利益輸送，彷彿與人私通。他知道不管怎麼勸都不會動搖，並且也無益，所以他也只好變得表面上包容。觀念是個人體驗的結論，就像母親提醒他，一個男人如果沒有娶妻成婚，那就會變成一個不正常的怪人；一個沒有依屬的人，一定會做出瘋狂的舉動。

楊施說著：「我對你的請求，不過是我的允許，進來到我的房內吧！黑種人，讓我們的容貌融合，讓我知道到底那會是個什麼樣的容貌？」「看，界線在孩子們的容貌中消失了，我永遠看不膩這樣一張奇異而美麗的臉。」「肉體真是一個魔術箱，而歡愉又是一道何等高妙的咒語……。」舞臺上的男女，肢體親近著，過程簡化成片刻，表現她們每年利用一個男人。

他沒有預料到這一晚會見到什麼，會覺得如何，只是時間一到，就想要來這個新窩，他變得不希望陳怡君來這裡，好像這裡是一個自己的私密天地，不能被察知。「妳可以隨時打電話給我，也許等再過一陣子，我會去找妳。」上次他說。那通電話使他有些心生恐懼，隨手收拾起了茶几桌面。他覺得被一個人看得一清二楚後，他會變得可以預料，彷彿被窺看。陳怡君知道他接到電話會很高興，知道他想去哪、想說什麼，否則便是隱匿。因此他不但無法馬上去與想見的人見面，還想要躲到別處，躲到一個真假不分的地方。在往「盧氏劇場」的巷口外，他告訴自己，這是個別人都不知道的地方，沒有一個要找他的人能找到他。抬頭望望，四周的一棟棟樓房，彷彿圍拼成了一口深陷的井。

「真是媲美《莎樂美》，太精采了。」落幕後，一位上次來過的觀眾鼓掌說。他發現幾乎每次來的都是同樣那幾個觀眾，真不知道劇團光靠門票收入要怎麼經營。在咖啡桌這邊，他探見小虎正在後頭忙著收拾機械，同時看見楊施正被幾個人圍在一旁說話。回頭吃了幾塊酥餅，他無意聽見前面一位觀眾和演員的談話，從談話中他發現，這齣戲原來是一位老觀眾花錢請託他們編演的。團長謝老師等於把這個園地租給了外人，只要觀眾提出一個想看的故事，由他們評估後，便可以將故事編成一齣戲上演。有的夫妻會在結婚週年時，請劇團演出他們之間的愛情故事作為慶祝，或者喪親後，家屬將他個人的小傳搬上舞臺，以茲紀念。

正團那邊對此並不知情，因為這項服務只在熟悉的觀眾私下之間傳說。

「很難相信有人會這樣要求，那委託一齣戲要花多少錢？」

「我不知道，其實這個概念就像訂做衣服或委託作曲一樣，客人想要得到某個自己無法製作的東西。一個自己想看的構想能演出，我相信一定是值得的。謝老師認為臺上臺下的關係要密切不分，要積極交流，要與現實融合在一起。」

「混血是個奇怪的構想。」

「如果平凡，那還需要請託嗎？」聽到這番內幕，林建銘有些訝異。認為這個地方似乎並不單純，到底還有什麼他不曉得的。他認為那幾個人把楊施包圍得太久了，難道不能自己走開，他們到底在說什麼。而別人如何看他坐在這裡，他或許不該穿這件新衣服，可是他不就是為了來這裡，才會去百貨公司買這件款式較新的衣服，（他應該看起來更年輕，要不是有錢買，或捨得買，他有辦法看起來更年輕嗎？）一切都得靠自己判斷，唯一可信的人，這便是孤獨，他必須去相信別人沒有惡意，讓自己更放鬆，不去意識到何時該做判斷。

楊施的男伴來到後臺等待，與小虎一同抽根煙。羅慶志是一個外貌很好看的男人，從事建築設計，以前在德國學過公共空間的環境規劃。沉默寡言，一年來與楊施相處得很好，兩週前才從夏威夷的茂伊，拍了一堆照片回來。過去跟楊施講了一聲，羅慶志先出去把車子開到門口。知道人家快要走了，他想要再多看幾眼，但是又不希望被別人發現他一直在注意楊施。距離不曾更近些，總是無法看得更清楚，這個女人的美貌像是融雪化冰一般迷人，由靜而動，無法限制，不去注意才奇怪。在路過的片刻他想，這是他所見過最迷人的女人了，沒想到世上會有個讓他感覺這樣奇異的人，而且就在眼前，與一般人一樣行走，說話。所有男人背地裡最終都希望在某一天得到這樣一個奇異的女人。全身一陣虛弱，他把視線轉回到桌上的茶壺，想起了一段陳怡君說過的話：「你真的想接受我嗎？我不是你真的想要完全接受的人吧。」「我不相信，說謊。」她想看林建銘的反應，一個大男人該不會連幾句話都不能承受吧，怎麼樣才算為難，她要讓對方明白自己太過拘謹，因為女人對這個男人來說，一直只是一個遙遠而無法接近的東西，女人成了只能眼睛看看的一種扁平的外表事物，完全沒有內在世界，沒有足以構成一個人的豐富條件，所以肉體便是他想從女人身上得到的唯一東西，他無法體會根本上的男女愛情，更不用說那些責任及自我的維護，陳怡君必須拒絕他，讓自己的肉體成為一道障礙。

一年後的一個夜晚，陳怡君與一個男伴坐在中文學校附近一家有現場音樂的酒吧裡，回想起從前如何認定一個男人的特質。她一直認為「愛情」是西方文化，不存在於中文的字義裡，東方只有「超脫」、「中庸」這類玄奧的思想，西方是年輕，而東方是老成的。這一刻，她猶如一個思想的礦工，陷入一條陰暗深長的隧道中，感到勞累而快要窒息。

「妳在想什麼？」史睿儀問。

「沒什麼，只是想起一年前的一些事。」她說。舞臺中央的薩克斯風樂手正在吹奏一段激昂的樂段，模仿公雞啼叫的逗趣段落則引來一聲笑。史睿儀不太記得一年前和她是怎麼認識的，當時好像是有幾次參與廣告攝影的機會，後來是車馬費以及照片上的一些問題，有了一次聯繫，還有隨後幾個公開活動的出席，一切彷彿都是自然發生，根本忘了最初是誰先找誰的，反正那已不重要，總之，現在他很慶幸能和這個成熟的女人在一起。又一首樂曲結束，一片掌聲響起。

在觀念中，他總認為年紀較長的這一代東方女性，成長過程中，普遍受到不公平的待遇（相對於年輕一代），他聽過許多這類性別歧視的遭遇，因此往往心生疼惜，憐憫起這樣深埋著種種不悅與悲悽的心靈。

這段期間，幾次電話中，林建銘都沒有聽到她提起目前這段關係，以為一切如昔。同樣的，她也不曉得林建銘的實際情況，她只是想保持一種較為理智的形象，既不漠然棄離，亦不如曾經一般依託。

事實上，在演完駭人的《混血》一劇，以及接下來的一部喜劇《推理學校》之後，楊施便離開了「盧氏劇場」，去到加拿大溫哥華的藝術學校就讀。羅慶志則是受聘於當地一個華人企業，擔任設計總監，兩人從此共同展開一段新生活。

發現見不到想見的人之後，林建銘幾乎就不再去「盧氏」看戲了。剛從小虎口中得知消息時，他心裡一陣沮喪，簡直不能接受，也不認清自己並不與人相識。脫掉一身新買的衣服，沖了個熱水澡，坐在沒打開的電視機前不動，他覺得自己沒有力量抵禦再一秒的沮喪，如果今後再也見不到伊芳（楊施在《混血》中的角色），他要如何忍受自己的挫敗，改變這一切？他有一刻感到自己好像依然蹲在以前那個無聊的市場裡賣菜，每個人開口就是「多少錢」，不斷重複，不能逃走。

「伊芳」的扮相在他的印象中是最鮮明的，甚至更加美化，到了崇拜的地步。他把十幾年來的渴望，聚光照在那個女人的身影上，可是伊芳卻不可能看見他，因為他只是個無關緊要的外人，可以下一刻就悄悄死去，可以化身千萬，充塞於路上與每個角落。除了伊芳她所愛的那個男人之外，任何一個人都可以是他，他感到好像自己的身上同時負著千萬份的孤獨，佚失在橫行的人潮中。

「最近還好嗎？」他問。

「不錯，就是太忙了而已。」陳怡君說。

「今天是妳生日，生日快樂。」

「我三十九，你四十，對吧，真不知道該怎麼快樂才對。」

「也許哪天我們可以在外頭碰個面。」他遲疑了一下說。

「有一件夾克一直還沒還你，下次記得提醒我。」

樓下巷子口一輛車堵住通路，來車按鳴一聲長長的喇叭響。

「誰打來的？」史睿儀問。

「一個以前的朋友。」

「講到朋友，我今天聽到一件很可笑的事。」史睿儀班上有一個同學，是個波蘭的女孩子，一天早上她在公寓信箱裡收到一張信紙，上頭用英文寫著：妳好，我是住在樓下的鄰居，我叫賴美玲，二十六歲，請問你可以幫我介紹白人的男孩子嗎？我是認真的，因為我無法跟亞洲男人交往。我的三圍是……。「我那個同學簡直傻了，真替對方覺得難堪。她決定要把那張信拿給所有朋友看，說台北有這種女孩子。亞洲的都不可以，白人全都可以，我看納粹都沒她狠。」搖搖頭用英文笑說。陳怡君雖然也笑，但心裡倒是同情人家，她曉得那種心態，這種期望背後的理由是他們西方人不了解的。從前自己也有較極端的階段，而且一切是那樣自然，甚至那才是上進，否則就是庸庸碌碌。她的親戚長輩不只一次告訴在美國讀書的孩子們，說睜大眼睛看看差異吧，根本上的差異，那就是人的素質，環境的薰陶，這是她一個陷在台北市補習班的女孩所永遠不懂的。然後親戚長輩介紹一位朋友的女兒；茱麗亞音樂院畢業歸國的聲樂老師，教她唱義大利歌曲。老師聽她唱一首花了半年辛苦學成的歌曲，結果忍不住嘆氣說：「妳唱的音都對了，細節也注意到了，但是味道就是不對，妳知道嗎？味道對的時候，錯音或細節省略都沒關係，我知道這不容易懂，但是妳必須想像一下，妳一定要幻想自己是一個義大利人，妳要忘掉自己是一個保守的中國人，否則永遠唱不出那個味道，這種歌詞所表現的愛情，不像妳讀的愛情小說那麼庸俗，妳要能體會當地人的生活、文化，這樣妳才能感受義大利文的美，了解這首歌其實是在講什麼。」於是繼芭蕾舞之後，她又放棄了聲樂練習，遺憾自己不懂西方，或者說，她所想像的西方一點也不正確。

幾天假期間，史睿儀打算獨自到郊區山上的一間寺廟住一個禮拜，只是安靜打坐，什麼事也不做。他很喜歡寺廟的感覺，每次一跨進門檻，聞到一股散不盡的燒香煙味，看著神像，他就覺得無比安詳與感動，許多神祕的字眼瞬間浮現腦海，輪迴、冥想，禪悟、八卦等等。他不懂陳怡君為什麼不會欣賞這些自己所屬的東西，反而去欣賞遙不可及的東西。每次一起去寺廟，這個東方女人總是一臉麻木與不耐煩，等來到了酒吧（他們說好要交換帶路），穿著牌子都讀不正確的衣服，聽爵士樂喝雞尾酒，就整個人活了起來。

於是趁這期間，她和林建銘約在一個「國際娛樂節」的園遊會攤位附近，還沒見到對方，他們手上就拿了好幾張人家沿路散發的廣告傳單。一個蘇格蘭風笛隊正在廣場中表演〈勇士進行曲〉，大鼓響聲低重，小鼓碎密，不間斷的笛聲震麻了耳朵。她發現蘇格蘭人的體型好像真比較胖，可見一些笑話還是有些根據的。一群群人到處遊走，她掃視著一張張面孔，覺得臨時想要改變主意，覺得見面是出於不得已，其實沒必要，也許兩人都不想，只是為了表現一種情誼的概念，為了得一份安心，甚至所有的鼓勵關心，這一類舉動，都只是調味料，虛假，沒有實質上的助益。看看手錶，她告訴自己，想走也來不及了。

「那個人是誰？」夜晚，觀眾逐一散場。

「他叫林建銘，好像是個商人吧。最近很少來，我有他的電話。」小虎說。

「商人？商人重利輕別離啊，這話可不是我說的。」謝老師笑說。

就算看不到本人，也要來看看牆上的照片。他幻想著也許伊芳（這個稱呼僅屬於他一人使用）改變主意，留下來繼續出現在這個他所到的地方，可是如今伊芳已經消失於此地，宛若亡逝。他無法解釋，自己為何會被那個不認識的女人這般吸引，他甚至有一股衝動，想現在即刻去買飛機票，跟著到任何伊芳所去的地方，去讓那個女人的美貌出現在他眼前，好像自己一直只為這個念頭而活。

這個無法解釋的念頭嚇到了他，害怕早晚會跟著消失於此地。死的肉體痛苦是人最後的經驗，避不掉，好像是在償還幾十年前出生時，母親生產的痛苦。活著只是暫時，是借用的，不是自己的，只有一次機會，不能回頭，知道得太晚了。

一年中會有一兩天，天空下起份量極重的雨水，因為只有那一兩天，地球的角度剛好讓冷空氣和熱對流形成一道水門，只要偏差一點，水門就不存在。他這一刻感到某一處開了一個洞口，在這個洞口裡，他無意間窺見一切始末，那是個既定的事實，他不曾停止掃視一群群到處遊走，滲入各個角落的面孔，為的就是準備要見到一個終點，一個具有吸引力的女人，一個可以讓他甘於接受一切虧缺的至高價值。他可以想像那個女人是由幾個迥異的部分合成的，既是現實的、嚴肅的，又是具有靈性的、純真的，同時還是充滿肉慾的、感官的，混融一體，無法區隔。

地上留下許多不知怎麼來的刮痕，集體無心共同造成的痕跡，布置著這個沒有人欣賞的單調空間。設備都撤走了，租約期滿時，他讓出了店面，主人帶著裝潢師傅丈量著管線的位置，構想著一個還不存在的畫面。他對於做買賣有著一份怪罪似的疲倦，傾聽了始末的小虎很能明白他的心情。在幾次討論之後，他得到了一個轉變的機會，「盧氏」的祕書決定請他負責修鍊營的餐廳的工作。

這個位在東部的修鍊營，其實是一個私人的休憩山莊，取名為「櫸園」，因為進門的地方有幾棵高挺的櫸樹，經過時常聞到一股雞糞肥的味道。平常「盧氏」的團員們會在這個與外界隔離的地方，接受一些課程訓練，或者渡假自修，創作排演等等。櫸園的環境良好，靠的全是一群雇工的細心照料，園藝、清掃、補給、餐飲，樣樣都馬虎不得。現在林建銘加入這個團隊，雖然角色低卑，但是卻能給他不同於單純利益往來的工作心境。

這裡見到的景象；深綠色的人工池塘，木造房屋與自然庭園，無疑讓人愉悅，他試著體會這也曾同樣帶給伊芳愉悅的事物，幻想著如何開口共同談一件事，並且引申到每一件他所知道的事。這是他心底的祕密，於是祕密領他至此。

「所以我下個月就會離開台北了，先跟妳說一聲。」

「希望你在那裡能很順利。」陳怡君說。

「這兩天我們碰個面好嗎？」

「好，這星期有個園遊會在圓環廣場舉辦，還有蘇格蘭風笛隊。」

「妳對我一直很好。」猶豫了一會淺笑說。

「本來就是互相吧。」電話中一陣沉默。

第四章。

他不能再期望那個不認識的人出現，
這裡終究只是個如此無聲運轉著的小世界，
「等待」在這裡是一個空泛的概念，
就像衣服上一個可任意更動的圖紋，
沒有實現的可能。

櫸園的清晨是充滿情致的，灰褐色的雌鶇鳥棲坐於屋頂，小朱雀從地面一下衝到樹叢，鳴叫著短促的吱吱聲，模樣像遊玩的小孩般可愛。偶爾啣著果實或小蟲子的畫眉鳥，則成群在枝頭躁跳，一點也不能夠體會飛翔的樂趣。新鮮的空氣有著植物的味道，以及與陽光之間的默契，且存留著片刻遠在孩童時的記憶。這份感觸與人的孤獨似乎平行共道，沒有確切的交集通會，也沒有佔奪或避退，一切只是原原本本展開，所知所覺皆為一個距離的位置。

穿著運動服，一群資歷不等的團員們已經開始伸展肢體，暖身後，還對著空曠地練習發聲，母音的音量漸強漸弱，嘴型和表情誇張變化著，接著還要跳舞，做各種動作。剛開始林建銘在旁觀這些怪異的訓練時，覺得很滑稽，但是看到大家專心認真的模樣，也就不敢懷疑。在這一個小時，他必須準備好早餐。煮了一鍋稀飯，炒一盤高麗菜，煎半打蛋，其他則是現成的配菜，魚乾、醃瓜之類的東西，以及麵包。擺好碗筷，站到餐廳門口歇個涼。他沒想到自己現在竟然又回頭做二十幾歲時的工作（之前小吃店的生意他不用親自動手），實在可笑，不管工作得多認真，還是可笑。由於他自知無法追求成功，便如此安於屈服，這份收入與他多年來的儲蓄相比，是有無不差的，他純粹是想轉到這條岔路。仔細一想，如果沒有去舞廳，他就不會拿到傳單，而且本來他不可能去舞廳（如果不認識陳怡君，然後分開），更不可能隨著廣告單去看戲，這一切都是機遇。

四個雇工坐另外一桌吃，看著電視播出的任何節目。他們人少事多，像是老羅除了木工，封個籬釘個架之外，還要割草修枝葉。田媽打掃洗衣後，也要幫忙廚房，當林建銘帶著單子去採買時。而年紀較輕的助手小潘則隨時要被大家使喚，甚至只是傳個話。同時他們又都兼警衛，隨時要注意有沒有訪客或外人。翁祕書是這個環境的負責人，她對他們的管理雖嚴格，但也相當友善，有一次甚至替他們說話，因為她認為故意弄髒路面的新團員應該自己來收拾。

「我最近三天一直覺得有一個不安，不知道做錯了哪件事，結果剛剛才突然想到，三天前我寄了一張卡片給一個女孩子，就是我最近說的那個很漂亮的美髮師，我在卡片最後居然忘了寫祝福的話，難怪覺得不安，我寫了一堆表白的話，結果居然忘了祝福，不過祝福也不是很重要……。」小潘說。

「你去把長桌子搬過來。」林建銘說完，回頭去拿了一包麵粉。

「你要煮什麼，晚上要吃炸蝦嗎？我最喜歡吃日本料理的炸蝦……。」他對於小潘的嘮叨很討厭，心想，奇怪，為什麼會煩死人的人，竟然不會被自己煩死。但是他有充足的時間可以慢慢去習慣，習慣任何事。

「小潘，我是叫你來幫忙的，不是來聊天的，等一下你去幫田媽鋪床單。晚上副團的人要來，都準備好了嗎，老林？」翁祕書說。

夜晚在櫸園是漆黑而寧靜的，一盞路燈過了，下一盞還不知道在哪，沒有人敢在月光消隱時出來走動。幾條野放的狗不知在坡地上吠爭什麼，昆蟲則在優勢下得意地鳴叫。屋裡檀香的燒煙薰溢，蠟燭伸吐著一瓣火光，人們的說話聲響顯出一種纖細的質地，好像聽久了會不確定那是什麼聲音。

這些人的活動把這個地方變成了一個像寺廟的地方，看不見的紀律在心裡，一個超越一切的目標，像神一樣統馭著這個空間，若不服從就是反抗。

寺廟的法師看著史睿儀，背後議論著，這個外國人真有趣，居然甘願在這裡住一星期，真搞不懂是什麼思想，難道當這是兒戲嗎？不過話說回來，有外國人來倒讓他們覺得神氣，覺得此地有經可取。

最後一天的晚上，陳怡君帶著一袋壽司和鮮乳來到寺廟找他，他很驚訝，原本以為會很不高興這番打擾，可是當此刻真的見到人家時，便高興得什麼都不顧了。他們留下一點捐獻後，離開了寺廟，兩人一同到山上夜遊，路上不停聊天，一直到半夜才拖著疲倦的身子回家。

問到這幾天的情況，史睿儀有一點猶豫，因為實際情形和想像的有些不一樣，吃睡方面就是習慣不了，時間更是過得無聊，幾天下來靠的全是一股莫名的意志力，越是不好受，就越感到受了磨練，感到光榮。她聽得出來有些勉強，但是並沒有得意地說「我早說過，你就不信。」這種話。

「我們走吧，這裡太暗了，等一下說不一定會有流氓來勒索。」她說。

「如果有人來勒索，我們可以說英文，假裝聽不懂他說什麼。」史睿儀玩笑似地說。「或者我們先說好，妳假裝被嚇得心臟病發作，不，我比較像有心臟病的樣子，那我昏倒後，妳就假裝很慌張的樣子，說『快出人命了還站在那裡，快叫九一一』，然後扶我上車子。」她聽得大笑，還連忙一邊加油添醋。這個男人讓她興奮忘我，露出一直希望自己能有的表現，尤其越想到對方能夠接受，她就越忍不住表現得更多。史睿儀很喜歡看到一個女人為他興奮忘我，好像自己身上有著某種先天的吸引力，他一直渴望能扮演一個施捨的角色，看著陳怡君彷彿受到無上恩寵，心懷感激的神情，他心裡便能得到一種強烈的滿足。

他認為自己讓這個剛過了被追求的年紀的女人燃起生趣，如此一來，對方便會崇拜他，願意為「國王」做任何事，忍受他任何惡劣的缺點，而這是與他同為西方人的女人所絕對無法做到的，或許這便是他對東方文化有興趣的原因。

很難相信在這樣一個開明的時代，自己還能在某個的範圍內享有這種尊貴高尚的階級快感，他想起小時候聽長輩講到傑佛遜與海莎莉，林肯總統解放黑奴，一個英雄的誕生，如何成為了弱勢者的偶像。這種不曾預先幻想過的感覺，現在讓他有些陶醉忘我，尤其是在肉體關係上，有時甚至像是不懂事的小孩子在虐待小動物一樣。在幾次交歡後，他開始不自知地沉迷於色慾的發洩。他喜歡故意在陳怡君開始得到歡愉時，故意中斷過程，讓對方受到不滿足的苦惱，等到苦惱達到無法忍受的程度，接著再以極為粗暴的力量完成整個過程。他不認為這是惡劣的罪行，相反的，還認為這是在幫助這個女人解放身心，尤其東方人正是需要這種解放。而陳怡君之所以甘願被這般侮辱虐待，是因為她受夠了東方人的偽善與壓抑，她想要教訓別人，讓大家知道其實她（整個群體）一直有著強烈的性慾，強烈到可以充塞宇宙，她既憤怒又悲傷，她狂喜地與這個男人一同摧殘這個可恨的、老去的女體，而這個需要，似乎便是她對於愛情的所有期望，以及愛情所能給予她的所有東西。

然而有時事後史睿儀還是會陷入恐懼的，他擔心掉入了一個陷阱，懷疑被對方的順從所瞞騙、愚弄，好像被一個不要命的女人給抓去當鬼魂的伴侶了。在一陣良心不安後，他會開始悔罪，從佛經裡找到內心的平靜，又異常地對陳怡君慈善，把英文補習班的收入拿去買一樣小禮物，然後偷偷放在冰箱中，等著對方無意間發現驚喜。「我總覺得 Surprise 和中文的『驚喜』意思不完全一樣，就好像我們都誤解了對方的語言，結果居然以為自己懂得對方的意思，也許一字多義就是因為每個人的會意各有不同所導致的吧。」陳怡君說。看著卡片上一隻小狗的圖案和一行感性趣味的句子，裡面還夾了個「愛」字，她一陣恍惚，霎時好像所有字的意思都無法令她確切明白，一切認知都因而顯得曖昧可疑，漂浮重疊。她覺得不了解這個美國人，不了解對方為何一夕間陷入自責與懷疑，又為何求她用同樣的方法欺負回來。

「廟裡的那些僧侶有一種奇怪的眼神，有一點像瞎子。」

「我以前去過教堂作禮拜，很安詳。有一個詩人比喻為：靈魂的更衣室。」

「教會對我來說已經沒有任何意義了，那只是個社區大會罷了。」

「我祖母曾批評我說，什麼神不好信，偏偏去信個金頭髮的（指耶穌）。」

「我妹妹信太陽神。」史睿儀說。「騙妳幹什麼，她嫁給了一個懷俄明州的印地安人，也許她現在正在馬背上對著樹木擲斧頭。」

奧麗芙站在會場外頭等了半個小時，就是沒看到她的人影。一定是睡過頭了，不曉得晚上又逃到哪逍遙了，有的人就是一摸熟了環境就開始鬆懈，以為一年就算見過所有社裡的狀況。奧麗芙回去便趁接待一位經銷商的人時，順帶向社長談到陳怡君最近的問題，包括一次報帳金額與實際款項上的出入。

但顯然她並不承認。隔天她被叫到會議室裡，只看見所有同事都在場交頭接耳，她搓搓起疙瘩的手臂，讓路給倒茶的小妹過。牆上的白板一行行記事被擦掉，接著又補上新的，她知道當自己越開始屬於一個團體時，她就表現得越差，好像該怪大家看走了眼才對。起先不是這樣子的，簡直是心存不滿。奇怪的是，王雅婷對於這個朋友的離職並不介意（當初她多麼費心介紹）。

「我不曉得那裡實際情況是那樣，其實早就該走了。那種小妹跑腿的事何必由妳做，或者她（奧麗芙）為什麼不自己做。」

「上星期我去過濾幾個準備參加商品試用會的學生，結果有一個人脫稿演出，我怎麼知道會這樣，面談的時候那個人很正常，好像我故意安排個麻煩。」

「她把事情丟給妳，也不事先講清楚或半途來看一下，結果不滿意能怪誰，這不是信任，而是懶。她根本是被權力和名牌香水沖昏頭了。」兩人一笑。

「我打算開一家咖啡店。」黃德隆說。「對，地點我還在看，應該是在東區巷子一帶，我連店名都想好了，叫『前奏』，意思是這是一個開始，我要裝潢成一家我在聖地牙哥看到的店，簡約風格，到時候妳可以幫我照顧。」

「又來了，我十年前就聽你這樣說。」王雅婷說得沒錯，之後一直到五十歲，他們都還沒有真的實現這個構想，只是偶爾還會說來提提神。他們喜歡看到人們喝咖啡、閱讀與交談，認為那就像是一面精神上的湖泊，寧靜而恆久。

交談與閱讀是種多麼普遍的習慣，彷彿要是欠缺，就會從一個群體中被驅逐，落入一片淒冷的黑暗中。隔壁大廳裡的討論正熱烈，一刻的沉默也沒有。依據對書名與幾頁文字的猜測，林建銘到屋內的私人書架上借取幾本書，除了看書，他沒有別的事可以做；電視讓他覺得無聊，而團員的活動又無法參加，除非排演和對詞時才可以旁觀一下。手上的書包括劇本、回憶錄和戲劇介紹，他的興趣讓一些團員有了印象。

通常團員和雇工只是碰面打個招呼，點頭微笑罷了，不過當他們聽說老林是四十歲的單身漢時，不禁目光一陣好奇，有時趁空閒沒事時來和他多聊兩句。起先他還不太習慣，只是應付似地答話。可是後來他發現，有些人對於同事反而有所保留，但對他卻能什麼話都說，往往佐點菸酒，一個小時一下就過去了。

「你沒結婚是對的。」一個去年當了爸爸的團員說。「我有一點後悔，但是又不可能真的說這種洩氣話，兩人根本沒辦法坦白，因為也不想要自己的思想完全被對方看穿。」不過在他聽來，這些對於婚姻的指責，恐怕只是在安慰他，希望他能不被多數人影響，日子繼續安泰地過下去，好像在鼓勵他維持一種稀有的成就。另外有一些同樣未婚的年輕人，則是誤認為他一定是個老練的花花公子，玩過無數女人，所以才會保持單身。

「我不是你想的那樣幸運。」他說。

「少來了，你就坦白說吧，到底女人喜歡男人怎麼做？」

「我還想問你耶。」

「我只有和三、四個女人做過，我發現女人最好玩就是在她們還年輕、不懂事的時候，例如二十一、二歲時，因為她們一生中只有這個年紀時最大膽，最不在乎犯錯，再大一點就記取教訓，學乖了，變得冷冰冰的，而再小一點則還在相信浪漫夢幻，一受傷害就哭啊自殺啊，根本不敢真的放開，只有二十幾那陣子最棒！」小偉說得興奮，他對性交的認識主觀而自信，林建銘以前也遇過類似的情況，他總是認為當中多半是吹牛與自以為是。但現在他覺得以前會懷疑，是因為這類話的內容讓他很困擾，讓他被提醒原來自己一直對女人一無所知，而且越無知就越讓他渴望知道那是什麼感覺，有時渴望得必須掩蓋下來，才不會顯得無比貪婪，以致更沒有接近女人的機會。

小偉說自己每個月都會騎半個小時車，到市區去找賣淫的女人交易。講到一半被老師叫回去後，隔天還不忘趁休息時間過來繼續說，他邊洗碗盤邊聽，那些描述的過程吸引著他，同時讓他知道了一些隱密的事。

「年輕女人的皮膚就像麵粉一樣細滑，全身的肉就像水袋一樣，難怪平常得穿衣服遮蓋，否則誰克制得了……平常端莊的樣子根本都是裝的。」小偉看著地上說。「女人的全身都想被摸，摸不完的，我總恨不得多生幾雙手，一處也不略過一刻……。」他不禁跟著也回想起自己的經驗，以便明白所說的那種感覺。但是他太久沒有重溫那種經驗了，印象有些模糊，並且印象太稀少了，就像孩子時去過某個風景區，只記得某個片刻。他認為這種事是無法記憶的，因為那並不具有可以比喻的特性，那是絕無僅有，獨立於其他任何經驗之外的。

他知道這是男人們私下常有的話題，甚至是友誼的依據，他不能迴避談論，卻也幾分不甘心，總認為隱私是只有和最熟的朋友才能談，所以他多半是引人家說話的方向，這一點他的確有年齡上的優勢。

看了一半的書還蓋在桌上，打開電視聽聽熱鬧的聲音。通常晚上九點後便是所有人自由活動的時間，他們洗澡吃消夜，散散步。林建銘打開臥房的木窗，往門口的方向瞧，果然一會就看見小偉和另外一個人騎著一輛機車出去，一直到午夜才回來園裡。一反早寢的習慣，這一夜他注意到了這個情形，心裡才開始相信人家說的不是吹牛。電風扇的馬達嗡嗚著，蚊香的味道隨風濃淡動靜，他輾轉睡不著，想多讀幾頁書卻完全讀不進腦子，只是瞪著黑字。想起人家白天所說所述的事，甚至沒有說到的推測，他的精神像抽長的燭心般乍亮了起來。

「……那裡的女人只要給錢，什麼都願意……有了那種隨心所欲的快感後，誰還管有沒有什麼感情愛情之類虛幻的東西……換誰就誰，想走就走，夫妻哪能這樣。」這些事他也曉得，但是聽到一個人親口說出來，又是另一種感覺，就像書上或舞臺上那些大家都熟悉的情節，旦不再被所知的事情孤立（即使明知人人都曉得），「知」便成為了可以溝通的東西，不論知道的是什麼。他也有過同樣的經驗，聽得懂「夫妻哪能這樣」的意思，但是他現在已經不能接受自己去找賣淫的女人這種事了，他不想白費一切，被略奪、擺佈、愚弄，彷彿掉入一個陷阱裡，等抽身後才發現什麼都沒有得到，好像整個人在世上突然消失無蹤，進門坐在長椅上，椅子卻還是空著一大截。

副團的這群年輕人當中，許多人以自命不凡為榮，對於平庸的作為往往極為藐視，他們在櫸園的時間，經常用來嘗試一些構想。發明荒唐的遊戲，製作奇怪的道具，結合科學、藝術、自然現象與超自然於一體，一邊玩樂一邊再延伸構想，把這裡當成有溜滑梯或盪鞦韆的那種地方。「真受不了這群瘋子，早晚有一天會出事的。」翁祕書搖搖頭說。「有時候他們胡說八道，你別理他們，等他們年紀大一點，就不相信還能這樣天真。」翁祕書自從結婚後，對於一些境遇或許不如自己的人，開始有了一股同情，就像同情這個單身漢；希望他們也能分享到她的愉悅，特別是在於精神上，她現在對金錢不再那麼信任了。每天她都會來廚房看採買的單據，翻一翻菜單。林建銘雖然不太能分辨這些安慰的話和別人的惡意騷擾（他感到被小偉騷擾）有什麼不同，但總算聽到同樣冷眼旁觀的聲音。看著翁祕書繞過團員們，到水槽找田媽拿一串掛在脖子上的櫥櫃鑰匙，他想到，伊芳一定就是因為與這些人不合，才會離開劇團，如此他便更不能接受那群人的舉止，聽信那些可恥的話語。他要為心目中完美的伊芳排斥他們，清掃出一條可以讓她無慮地跨步的路，所有障礙都應為她移去，因為她有著不容變更的美貌，那是一記徹底的命令，除了順服，其餘的可能與發想都是醜惡的。總有一天能再見到她的，林建銘心想，這是一趟跟蹤，在她的後頭，那個身影是渺茫的，與無數類似的形體交錯，但只有她是統合者，一切生趣皆由來於此。林建銘感到自己正與某種東西起衝突，只有好鬥使怒才能保衛自己，不論那東西是什麼，都不過是無法溝通的敵人罷了。

「我借到了。」團員進到屋內播放一部大型歌劇的影碟，音響開得很大聲，音樂氣勢雄壯激昂，合唱的歌聲直沖天聽，大家看得渾身陣陣悚然。「真過癮。」一個團員說，同時把人在廚房的小偉叫過去。「快過來看，第一幕剛開始。老林，要不要一起過來？」他招個手說待會。等到小偉跑掉後，洗了一籃菜的林建銘回過身來，無意間看見桌上遺留下一本小冊子，這是小偉剛才忘了帶走的週曆手冊，於是他要過去屋裡時，順道帶了過去。不過在拿起來的時候，他忍不住好奇翻開來看了一下，就在中間頁，他發現夾了一張桃紅色的名片，上頭寫著「全身指油壓」以及一個電話地址，地址就是在上次小偉說過的市區裡。他猶疑了片刻，把名片塞回，便馬上拿到屋裡去歸還。

「這些人的家境都不錯，才會有心情玩這些遊戲，我現在才體會到衣食無虞的重要，我們的上一代其實就是在追求這個，否則什麼都沒有。」他邊看影片邊想起翁祕書說的話。聲樂演唱的尖銳聲音讓他有點不適應，稍微注意一下小偉，專心的模樣似乎完全沒注意到筆記本在不在手中。這時他覺得手指有點刺痛，一看才發現右手拇指不知何時削了一小塊皮，血沾成一抹。可能是廚房裡的銳角吧，便到隔壁抽屜拿了一塊絆創膏貼，在貼完後，他突然擔心不知道血剛才有沒有沾到小偉的筆記本，還有那張名片。於是他把手插進口袋，匆匆走出了屋外。

一連兩天的遲醒讓大家注意到了他的反常，在可以接受的範圍內，他似乎並不在意某種程度的怠忽與眼光，在一番體會後，翁祕書打算下週安排他休假。可能是怕打擾到他，幾個以往常來閒聊的朋友，現在都正好趁密集訓練時，較為與他保持距離，這個改變讓他察覺到一件事，原來自己心裡其實很期待聽到別人說話，說那些他渴望知道的事，渴望得如果不推斥開，好像自己就會被那些話中所說的事牽引過去。午休的片刻，他僵硬地坐在房內的藤椅上，兩腿夾在一起。排練的情景略可遠遠望見，聽不見男女們的說話聲，只有看不出情節的動作。有一刻他總覺得伊芳人就在這裡面，在這附近，只是他還沒看見，或者是看不出來，因為角度與距離，因為許多視覺上的因素。為什麼以前他看得到伊芳，而現在卻看不見了，為什麼這是他必須接受的事？接受不是一個決定，而是無數時刻的決定，每當想起伊芳，他就必須一次次接受這個事實，讓事實強迫他做出一個沒有意義的決定。他不能再期望那個不認識的人出現，這裡終究只是個如此無聲運轉著的小世界，「等待」在這裡是一個空泛的概念，就像衣服上一個可任意更動的圖紋，沒有實現的可能。很久以前，他曾站在一個女孩的家附近，任時間虛度，只為了見一面，在那個完全不適合久候的地方，他僵硬緊張疲倦，看看能不能因此把自己從這個地方趕走，相信總會有個限度，只是沒想到生命的界外就是死亡，此外沒有其他地方與通路，於是，「等待」只有讓他再也見不到那個人。

他無法再為幻覺消滅現實，櫸園不是又一個等待的地方，這裡所能夠帶給他的種種感受，才是可信的，也許當他放棄等待，這個地方會更能接受得不需做決定，他可以充分地得到一個位子，不必漂浮於所有情景之外。而當一切清晰可觸時，也許他便可以摸索到另一個地方，並且去看看在那裡的人之中有誰，直到見到她為止。

不太確定是基於什麼理由，也許就像從前那次前去求歡一樣。回到台北的最後一天晚上，他去夜市大吃了一頓，之後心口一陣鬱悶，急躁地開車闖了幾個路口，便來到陳怡君住的地方樓下。

聽到門鈴聲時，她光著身子從床上起身，撿起分散的衣物。窗外的路燈探照著隨時經過的車子，一叢屋旁的樹葉顯出一種奇怪的綠色。

「是誰啊。」史睿儀問她。

「一個朋友，我下去看一下是什麼事。」兩人一見面，神情都有些疑惑。走到巷口，他們簡單說到自己最近的情況，但心裡也都知道這些話只是在應付。

「現在妳比較習慣自己一個人的生活了嗎？」林建銘沒想到說完卻換來一陣沉默，便接著又問。「妳現在還是自己一個人嗎，或者……不是自己一個人？」

「那都不是很重要，重要的是一切都要繼續下去，不是嗎。」她停了一下說。當考慮要如何結束這段談話時，史睿儀從後面過來，穿著寬鬆的襯衫，問他們要不要進屋裡。陳怡君回頭用英文叫他回去，不用過來。這時兩人不想看對方的表情，可是又不知道該看哪裡，於是只能馬上離開這裡，將眼前的景象換成另一個莊嚴的空間，彷彿一步就要跨向視野的窮極處。樓房之間露出山脈一角，透出各種顏色的窗簾，像是一盞盞燈籠，高掛在群樓之間，他感到就要迷路受困了，除非毀掉這些阻礙，像一場無情的災難般朝四面八方撲去。他不明白為什麼自己對於女人有那樣強烈的需要，不明白為什麼自己沒有犯錯卻要受到這樣的折磨，為什麼自己想要獲得的，是一件那樣難以獲得的東西，他一刻也無法再忍受，覺得心臟被一把緊捏住，渾身顫慄，痛苦不已。他不曾像這刻般懼怕女人的吸引，因為那是一個無法獲得的誘餌，是死界對生界的拐騙，是殘酷的調戲。他不懂得如何慢慢培養持續的情感，只有即刻的爆發與長久的禁制，兩種極端，他既是強奪者又是排拒者，相反的力向合於一體，擠壓而亦拉扯，矛盾不息。

哭泣將他領到路旁沒有人的角落，像是在嘔吐一般，虛弱地扶著車門，他覺得什麼東西都無法安慰他，金錢飲食思想肉體等等所有過去一心想掙得的一切都不想要了，這種厭棄的念頭吸附在夜晚滯靜的空氣中，無法撥散。片刻鎮靜後，一處橋頭施工的閃燈與探照燈亮起，幾個工人的身影忽明忽滅，分散開來。他想起自己年輕時坐在貨車上，凌晨時在一處岔路口遇見一樁車禍，救難隊的人正在將兩名受傷的男女拉出扭曲的車體中，他隱約聽見一個傷者以悲傷的語調說：讓我死。他不相信人會說這樣奇怪的話，因為它的意思很簡明卻又很複雜，那到底是恐懼還是悲傷，是憤怒還是驕傲？或者這一切情緒的總和，一種超過人能感知的程度的情緒。甚至可以說，所有語言都沒有純粹的語意，那只是人精神上的繩索，不斷盤據纏繞著思想與情感，穩住了一切，卻也限制了一切。

「我明天就要回去了，想說過來看妳一下。」他說。

「你還好嗎，也許我哪天也可以去找你。」陳怡君說。

「我想和妳在一起，但我不也知道怎麼說才對。」

「也許還需要一點時間，再過一陣子吧。」

「現在妳比較習慣自己一個人生活了嗎……。」

回到床上，史睿儀讀著一本講易經與風水的書，她則是安靜地坐在床沿。一會把書隨手蓋在燈下，他心想，一個男人會這樣做，一定是有過特別的關係，雖然明知這是自然的事，但是目睹了一個畫面時，感覺卻是完全不同。他不知道該表現出寬容的風度或是不容的固執，也許這兩者都不成立，因為他避離了這個不悅的感覺，等著對方自己表達出要他該如何認為。史睿儀的不聞問讓苦惱的她更愁煩，抓起梳子梳了下頭，接著她躺回枕邊，自言自語似地說起一些往事，沒有顧慮太多，她想要自在地說出困擾，像是結網吐絲的昆蟲般，無知地順從某種體內的造化。她似乎像在激發對方要為此有所反應，而這便是種種委屈所能帶來的唯一益處。但是顯然史睿儀打算認為這是一個機會與優勢，因為當自己允許這個女人保有另一個人時，基於公平，他同樣也可以保有另一個人，他最近在學校認識一個年輕時髦的女孩子，原本不敢聯絡，怕讓陳怡君不滿，可是現在他大可理由正當地遂意了，他嚮往中國人說的「緣分」，相信順其自然就無須顧慮單一層面的是非，因為這一切冥冥之中都有安排，境界高妙，境遇無常。

但是對她來說，「試鍊」則是個開放的西方思想，同時也是一個含糊的藉口。她對剛才短暫的會見所發生的一切還有些還無法明白，連該不該去明白都無法確定，索性乾脆忘掉，這段時間便是這樣。有一次她路過林建銘以前的小吃店，發現店面已經整修裝潢成一個認不出來的西點麵包店了，她不確定記得從前這裡擺放什麼，和人家說過什麼話，因為那裡一樣遺留下來可以供她回想的東西也沒有，連木人都從台北消失了，不再有惦念的必要，沒有人能不屈服於這種全面性的時間更新，話題與視覺上的印象不斷暗中替換了早先者，將從前徹底掩蓋掉，日期玩著數字遊戲，沒有痛苦與掙扎，「知與覺」永遠只能站在俯瞰處。

她頓時感到自己的頭腦像兒童一樣簡單，只會不顧不察地埋頭於面前一箱玩具裡，思考力成為了一把漆黑中的手電筒，只有照在哪，哪才亮，一照了別處，別處雖亮，可是剛才那裡便又暗了，永遠無法一次照亮整個空間。

一刻，他們在房間裡看了對方一眼。她看著史睿儀裸體躺在床上，頭偏向一旁的畫面，突然有一種錯覺，好像這個男人正在等著另一個女人從這個角度靠過去，而自己便是那另一個女人。而同樣的，當陳怡君低著頭脫衣褲時，他也有個錯覺，好像這個女人正在準備從這個角度倒在另一個男人的身上，而自己便是那另一個男人。他們奇怪地旁觀著自己與對方親熱著。

「他是個很單純的男人，性能力有點問題，他不願靠從前的累積來生活，他認為自己的上半輩子是空虛的，想要從零開始，他無法了解我，結果誤解我，我們起初有過愉快的來往，其實他有很感性的心思，只是不自知。他對女人不了解，因為他無法在接近女人時，冷靜下來觀察，肉體讓他很苦惱，必須很慢很慢地親近適應，像是一種慢動作的激動。他說年輕時曾經發誓，如果有一天可以擁有一個女人，他要一刻也不停地觸碰她，雖然明知那是錯的。他的左腳拇指前端是麻痺的，因為服兵役時，曾穿著硬皮鞋被處罰蹲步一個小時，結果就沒感覺了，用針刺也一樣。」她說。

「那他有進入妳裡面過嗎？」史睿儀問。

第五章。

這一刻他不再是至親的母親所熟知的那個骨肉，
不再是認識他的人所想見到的那個樣子，
他跳脫到身分之外，
還原成一種極單純的狀態。

出門前母親才說，因為有一條連接縣市的高架道路可能要通過他們的舊房子那一區，所以以後可能要面對被徵收拆除的結果，目前社區會議正和民意代表溝通當中。在此同時，「盧氏」的年度會議上，也出現了前所未有的緊張氣氛。每一份書面報告上的問題都是針對副團的，其中還包括有人密告的消息，暗指謝老師有圖利他人的嫌疑，更不用說劇場外租的作法，雙方爭執得口出惡言。現在林建銘感覺到了前途的衰微，並且自己也無能為力。只有助手小潘還坐在一旁，隨口說著毫無依據的鼓舞的話。

有時他覺得房間就是個無人的火車車廂，即使坐在窗邊，他還是像在悄悄向前方行進似的，準備被載到另一個地方。在回櫸園的火車上，他幾次睡著，昏沉地掉到意識之外，不斷重演著某個紊亂的片刻。

「歡樂會過去，只有愁苦才是兩腳所踩站的地。啊，歡樂，妳不過是愁苦所控制，用來戲弄人們的一塊甜糖，而那我所追尋的點點光明，都不過是無盡黑暗的誘餌罷了，宜人的溫暖讓終須冷卻的事實變得更加無法忍受，那不曾享有過歡樂的生命是可喜的，因為唯有歡樂，才是最可憎的痛苦。」老人的角色說著。

從半途看起，他不清楚劇情，只有這一段段獨立的句子憑他臆想，好像由誰都可以這樣感嘆。拘謹地在自己的軌道上走，包括開車出門採買的路線。後視鏡裡的景象在一段碎石路上震抖著，他這天清早照例前往市場，在路過學校附近的早餐店時，買一份沾滿辣醬的蔥油餅和冰豆漿。不過當駛入市區的這條主要道路時，他發現道路因為要鋪柏油而被封住了，於是不得不依警告標示改走別條路。這一繞不但遠了，還塞在其他車輛中間，眼看時間快遲了。吸口氣看看路邊的住宅，門牌上寫著「自強二路十四巷」，這個地址他有印象，這就是小偉的筆記本裡那張名片上的地址。探頭前後望望，果然在更前頭看見了一個招牌，上頭寫的就是指油壓按摩的服務。他對這個巧遇與印象有點驚訝，即使回到了櫸園，心裡還是不免想起那個地方。

由於只有正團的人在園裡，加上需要趕進度，所以他才能有這般空閒，或許就是為了能有這般空閒，他才會白天就提前完成了一整天的份內工作，以便能夠趁晚上時出外走一趟。向田媽說一聲後，他告訴自己這只是去市區繞繞，吃點消夜，不會真的去那個地方。但是等到越來越接近那條路時，他便又開始意念動搖，認為也許這只是普通夜生活的場所，不會太複雜，只是去了解一下到底是否真如小偉所說的，如果有不對的情況，他隨時可以離開。再說他何必再為任何遙遠的女人限制自己，就算存心想要得到自己的滿足也是正當的。頓時許多矛盾的念頭將他逼到一旁思索，他非得進去一趟，才有可能消除這些困擾，不能逃避。

站在路旁望著招牌下屋內的燈光，他隨即陷入沮喪，不知道還要被這樣的煩惱擾亂多久。往四周的巷弄裡走去，不斷一圈圈地繞逛，穿過小吃攤和修車廠，無數門戶擦身而過，猶豫地困在這條走不完的路上。接近一個小時過去，他擦抹著汗水，突然間兩隻小腿抽筋，痛得幾乎叫出聲。彎著身子坐在路邊，他累得像剛登上一座山嶺，非得休息一下，於是他丟開一切顧慮，慢慢走進招牌下。

陰暗陡窄的樓梯間裡有鞋子的味道，門內沒有人看顧，低低的天花板壓著右邊的一塊沙發與矮桌上方，皺破的大開數雜誌與報紙堆放一角，日光燈白亮地照著地面白色的磁磚。他安靜地坐下休息，捏著還在一陣陣抽筋的小腿。一個女人從走廊出來，約三十歲，頭髮直順，看起來很輕鬆，不在乎他是否在這裡。

「抽筋喝水沒有用，要喝運動飲料，身體缺乏電解質才會這樣。」看著他。

「我很久沒有腳抽筋過了，而且這麼劇烈。」他的眉毛攔住汗水，模樣狼狽。

「先到裡面躺一下，腿伸直放鬆，我去拿熱毛巾。」手一指，話沒說完，人就走掉了。他隱約聽到有人在隔間後頭說話，但是沒有看到人，監視器正對著他，要是來意不善的人，也許會在此大意露相。躺在一張矮小的長床上，他枕著手腕，為了停止痙攣的舒服感覺深呼一口氣，不敢再移動兩腿。冷靜下來，他發覺這裡的空調很冷，四周一扇窗戶都沒有，像是個稍大的更衣室，或是倉庫，一點都不像是個該這樣躺下來的地方。端著一盆熱水進來，這女人沒看他一眼，在水裡滴了幾滴羅勒油，兩手抓著毛巾兩端，將中間段垂泡在水中，接著提起來扭乾，兩手完全沒有沾到熱水，就把熱毛巾敷在小腿上，他又呼了一口長氣。

「你是不是很久沒運動，然後突然劇烈運動，又沒有先暖身？」

「我沒注意到。」他說。這時一個小男孩推門進來，要找媽媽。

「出去，不是叫你去睡覺了嗎。」語氣嚴厲，接著回頭說對不起。在反覆敷了幾次，水溫變溫之後，這女人把頭髮束紮起來，熟練地捏起他的腿和胳膊，再由頸子捏到肩和背，不管他怎麼坐臥都沒有影響。他知道對這個女人來說，自己只是一個人體，無異於一匹動物園裡讓人刷擦身體的馬，沒有共通的語言。他知道這隻女人的手是理智無情的，是一個人全身最勞碌、最公有的部分，例如握手，試水溫，但終究還是隻女人的手，一隻在男人身軀上移動的手，好像要搜出皮肉下的硬骨，卻取不得，這股闖入的力量不管意圖為何，當他是以這樣的形式進行時，便可能被他感受成各種他所想要獲得的東西，否則不善於取悅肉慾的人要如何被伴侶勉強接受？

他已經許久沒有與人有至少這樣簡單的接觸了，以致無法如一般男人一樣忽略這樣簡單的接觸。他發現皮肉感官會對外力產生防禦及接受的相反反應，但是他無法靠心智要求感官何時該防禦或接受，在這個陌生的層面上，他是被動而坐以待斃的，他恐懼這種危險的感覺。這個女人對身體非常了解，一看一碰就曉得這個人的意圖。她見過碰過許多身體，已經能夠由一個人的身體各部位看出這個人是怎樣的人，是坐辦公室還是開車的，是幹粗活還是久站的店員，甚至人家的個性習慣，喜好和擅長都能猜個七分，並找到適當的話題交談，外加算算命。

這種男人不是頭一回見了，該如何應付自然曉得。於是他並沒有如預料般感到難堪，在話題的帶引下，他不必提問，只是輕鬆回應了幾個試探性的說明，彷彿不經意地應付。只要多留一刻，他就等於越接受了這個陌生地方的一切，因為他沒有站起來反抗，沒有懷疑與指責，更沒有逃離（或者說過了可以逃離的時機），可見這一切對他來說是允許的，不只是允許一件事，而是由這件小事所延伸出去的一整個體系，一個大方向，就在這雙彷彿有著魔力的手上。

或許這一切只是羅勒油的香味所致，那種新鮮的氣味讓精神與嗅覺彷彿抓到了一條繩子，並被這一股力量拖走，就像視線被一道雲煙拉上了天際。

按照那個女人的指示，隔天晚上，他改由防火巷的後門進來。一個婦人繞過一個眼睛盯著電視的老頭，婦人收了錢，嘴裡含糊發個聲音便走在前頭，他猜想可能是要他跟著過去的意思。原以為樓梯轉角這一頭沒有通路，但是一塊破舊的薄木板一搬開，後面便露出一個低矮的小鐵門，打開後，屈身穿過，裡頭則是一條狹長陡梯，直接伸入地下室。他無法想像自己所要去的地方，是要經過這樣一個隱密陰暗的地方，這不像是平日那個透明可見的現實，這裡完全是另一個詭異的世界，而且僅僅一牆之隔。這個婦人能熟練出入於此，沒有回頭顧慮他是否能夠適應腳下這一路的曲折。通過地下室後，就來到了一條開了許多道門的走廊，盡頭大約就在幾步路前方。一個帶有酒味的男人與他迎面交會，感覺像是個鬼怪，像是一部被拖行的遭撞毀的車子。

打開一扇門，婦人叫他等候便匆匆離開。進入這個密閉的小房間內，他坐在靠近廁所的塑膠椅子上，看著這個不知座落何處的空間。等候一個女人到來，這是個他有過好幾次的情況，凡是他想要得到的女人，都會使他一次次長久地等候下去，他總是提早到達會見的地點，因為想要給對方好的印象，因為他心裡迫不及待，從好幾天前起，就期盼著約定的那一刻到來，時間把一個人從汪洋中拉到一個地點，時間與地點是多麼奇妙。有什麼辦法可以讓能讓時間過得快一點，鏡子圈住年輕時的臉孔，無數的疑問在腦子裡反覆，再多次的期待都是新鮮的，因為一二三四五的次數不是累積，而是每次都是史上僅有的，二只有發生一次，三只有發生一次，四和五也只有過一次，下次這就不是四和五了。他在長久的等候下一次次發瘋，接著又在見到人家的到來時一次次復原，彷彿被愚弄後，又在新的機會下拋去了先前的不滿。

面前又髒又小的床幾乎塞了這裡一半的空間，沾滿了壁紙的污垢好像會隨著空氣吸入鼻喉裡，要不是有目的，絕對一刻也不會留在這個地方；為了目的，他什麼不滿都可以忍受，如此卑鄙，好個苦先於甘論，不，是神不可測論，他的心智絕不可能高於創造心智的控制者，不可能由下，測度一個俯瞰整體的全知者，他「也」聽命於某種體內的造化，鑽入這層層土壤裡，翻攪著混亂的記憶，渴望吸附在一個無限大的女體上，沒有灌注他所有意志，絕不罷休。有一條偏遠的公路，路上有無數被車輪輾斃的蟾蜍屍體，因為牠們要到公路對面的沼澤去交配，於是公路單位在沿途架設網子，想要攔阻，結果這些小動物們開始爬上網子，繼續前仆後繼。究竟什麼是生物本能？是全體共通的力量，還是個人思想的結論？他約略在沉思中遇見片刻的靈感，這個地方與世隔絕，埋入地心，阻斷了所有訊息與已知的事物，沉沒於原始的光陰中。

也許永遠不會有任何女人到來，因為他在等候，他變成了一片輕揚的灰與塵，散布於荒蕪的經驗世界中，隨時會被淌來的幻想沖到陷洞中，沒有人知道裡面是什麼，因為這就是一道知識的界線，超過此線，一切邏輯都要毀壞，如同崩解的發瘋的人的心智。

不久之前他還在廚房，鍋蓋上一層黏手的油污，一直沒有費工夫洗掉，出門前他花了十幾分鐘，把一塊新的菜瓜布刷黑了，換來一面乾淨的鍋蓋。連水槽也是乾乾淨淨的，讓翁祕書沒話說，明知他晚上會外出，並且遲遲才會歸來。越預先把園裡的工作做好，他就越不會對接下來以及之前的行為感到不安，好像這是一種合理的交易。所以現在他必須得到等量的報酬，否則就等於吃虧受屈。不過在他認為，不要說等量，哪伯只是貼補長久以來的虧屈的千分之一，都不是容易的事，然而他又不敢不滿，不僅是聊勝於無，他還打算把小小的獲得放大千百倍，當作是一次意義重大的凱旋來看待。

他上一次接觸女人的身體是一年多前。陳怡君縮在沙發上看書，寬鬆的白色毛衣曲皺出類似花朵的褶紋，一換個姿勢，皺褶便又像雲團般被一陣風拉成別的圖形。他坐過去捏捏她的肩膀，同時拇指在頸脊上輕摩，好像一隻小松鼠爬了上來。身體的皮膚在暗處時有著一弧灰淡的藍光，他的嘴唇來回劃著她的手，接著把她的手移到她自己的身上，再順著手的搭載，嘴唇登上了身體，整個過程他已幻想了許多年，顯得很熟練。在陳怡君之前則又是好幾年的等候，無意義的自瀆令人沉默，如同懷著一件奇詭的祕密。現在或許等一下進門的那個女人，不管是誰，就會將他從困境中救出；他的凱旋不過是獲救，而非救人。

一個女人是為何會成為一個男人的救星？從那種近乎崇拜的動作便可以發覺，女人對他而言就像是可敬可畏的神，集靈、慾、心三位於一體。陳怡君在將他從屈姿扶起時，明白自己無法拯救這個男人，他太渴慕得到一個異性的降臨，並因此得到天啟式的醒悟，以至於扭轉根本上的偏誤。陳怡君坐在營火附近，把視線投到烈火裡焚燒。週末，她跟著史睿儀參加一個外國人之間的野外聚會，這群人約三十位，除了半數的外國人，其他則為本地友人。熊熊營火燒烤著郊區的夜空，大家三三兩兩各自佔據一角說說笑笑閒搭訕，啤酒、非洲鼓、橄欖球夾在他們手上，有的則跳舞、擁抱或乾脆把上衣脫了，一片嬉皮時代的景象。

之前她有些羨慕幾個賣弄風騷的女孩子，但隨即又以否定的眼光來維持自己心情的平靜。她聽著史睿儀和幾個剛去中國大陸東北自助旅行的朋友聊天，說到旅途上遇到的種種情況，比手畫腳的樣子有些激動。「下次我們應該也去看看。」史睿儀對她說。她吸了一口味道很辣的菸，隨意點了個頭。在某些時刻，她幾乎什麼要求都會答應，會照辦，特別是自己一點都不知道該如何看待一個權威的時候。在來這裡之前，她原以為前幾天林建銘出現的事，會造成干擾。

「好啊，會有多少人去？」她問。

「不知道，遊玩又不是婚禮，誰還統計人數。」

「到時候一定會冒出一大群不知哪來的人，而且又會拖到很晚。」

「如果妳不想去也沒關係。」

「我是想去看看是不是被我料中。」

「妳可以順便幫我看看我的前途，算算命嗎？」

「天機不可洩漏。」

「什麼是天機？我聽不懂。」

幾滴水濺在脖子上，後頭有人在玩水槍，完全不必在意，彷彿沒有任何行為在這裡是會被視為冒犯的。她無法忍受這四周這些無憂無慮的人，彼此相差太多，根本是兩種狀態，擺在一起沒有任何意義，也許自己不該那麼自信，多少違心的話便是在這種缺乏自律的情況下脫口而出，只因為話要那樣說才好聽。她打從一開始就以迎合的姿態來接近史睿儀，也難怪人家會被啟開那樣殘酷的喜好，其實自己根本不該那樣設計，因為她並未真的因此證明了什麼、教訓了誰，虧損的一直只有她自己，最後還是逃不出成為了一個受難的東方女人的命運，形象鮮明，從古至今。她的母親拒絕承認婚姻的失敗，一次次從美髮院裡重拾希望，為了名聲與面子不惜自欺隱瞞，為美德捐殉生命，就是這麼回事，其餘都是解釋和藉口。同情也許不是出於優越，但是受同情者必然是低屈而不足的，她們是無法認知到平等的真意的，她們低屈的經驗告訴了她們「平等」是什麼。現在，她得到了這個男人，同時她卻也失去了自己。

「那現在有什麼打算？」王雅婷吃著飯後的水果問。

「我不知道，也許我不適合這個圈子。我的個性像我媽，比較多慮。」她嚴肅地沉默片刻後又說。「工作不是問題，不過都是不起眼的活，等於是勞力而已，實在不甘心，很無奈，我也不願意這樣想。」

「每個人都有瓶頸，說不一定熬過之後，會有新的機會。」她曉得這些事是無法談論的，說來說去還是那些鼓勵與安慰，好像是一套忍讓進退的公式，一種有規則要守的棋戲，每到某個時刻就搬出來擲擺，重複得讓人玩味而不厭倦。她有一種退縮的需要，就像躲在浴室裡不雅地盥洗一般。

史睿儀和朋友到草叢上廁所時，被問到，陳怡君是個什麼樣的女人，身材看起來還不錯，甚至問起一些隱私的問題。結果他並不在意這種冒犯，因為他也很好奇，究竟別人對他的女人有什麼看法。海爾和約翰最近有一些性行為上的癖好，私下常常探聽有哪個女人願意接受肉體虐待。他注意到兩人說得有些間接，並佐以各種混淆的理由，以便將目的轉移別處。

「肉體是一個障礙，必須突破，突破之後，這個女人才能獲得真正的自由，否則永遠無法百分之百享受自己的感受。」他們說。他笑了一下，便回到陳怡君的身邊坐下，一把勾搭著肩膀。

也許在某些人眼中看來，她還是個有魅力的女人，他想。當他注意到原來別人在偷偷打她的主意，心裡便突然一陣吃味，好像人家已經真的佔了絲毫便宜。他不容許有自己以外的男人虐待她，就算相同的做法，由他來做都能產生一些不曉得哪來的合理性。營火在入夜之後柔和了下來，彷彿通了人性，幾個靜下來歇坐的人，反而變成像木頭般麻木。有時陳怡君可以從一隻落在身上的手，感覺到一些心意，在這懸絲般些微的差異中，她迷入一種漫遊似的臆想，像是不尋常的異稟，讓她察覺到一股左右事物基礎的力量。或許男人的手才是真正心裡的語言，所有的觸摸都是最深的表達，如果觸碰不到，枯燥空虛的手會將這個沮喪的訊息隨著神經細胞擴散到全身，讓整件皮膚每個部位都產生同感，並一層層地自觸覺的界線上剝離。

皮膚又聾又盲，一點都不知道已經發生了什麼事，只會空等。

「妳為什麼從小就喜歡西方的一切？」

「從前台北很多方面都很刻板，到處都是政治宣傳和文化整肅的控制。沒有創意構想的自由，很讓人反感，好幾部有趣的美國電影都被禁止，可笑。」

「從前那個時代哪裡不都是這樣，即使到現在，到處還是有很多荒唐的事。」

「也許到現在我還有點懷恨在心，怪罪從前的種種。我的老師用藤條打我的手，很痛很痛，我犯了什麼錯要這樣虐待我？我的手前一天還在鋼琴上彈貝多芬的《奏鳴曲》。之後我的手腫了好幾天。」她說。她這樣回答過幾次，也不確定自己說得對不對，有沒有必要這樣說。她獨自站在暗處，想著自己該何去何從，她依然是這般困惑，充滿了負面的心性，一點也無法徹底擺脫幻想。

一動也不動地陷坐在塑膠椅上，知道現在不可能逃走，林建銘只能安撫自己留下來。像是被捕住的小生物，手腳冰冷麻木，掙扎得精疲力竭，只能靜候死亡。他以為再也不能墜跌於此，這種地方是可悲的人延活的藥物，這裡沒有第二種作用，沒有喜悅與滿足，只有垂死的人來獲得痛苦的減輕，止住淚水，找到可以依賴的東西，為此，才有了理由繼續苦熬，期待下一次再來索取。

難道自己不是已經厭棄了，難道自己的損失還不夠？世上怎麼可能有一樣東西如此讓人永遠不會煩膩，又不是深刻的思想或經典，除了食物。每一天市場裡都有人，沒有人對食物厭膩（可以預料），從不間斷，同樣的素材可以變化出幾十種美好的口味，這是多麼現實而迫切的行為，任何阻礙都會掀起瘋狂失序的反抗，階級的集體革命造成的犧牲，這些同感與共識便是源自於無數個人的切身體會，切身體會是唯一可信的事實，其餘皆是口號，一套只須陽奉陰違的規則。讓人不會厭膩的任何需求，便是人的命運，得失判定的依據；他願意為需求而死，正如他為需求而生。被接納的時候，他感到平靜，有能力控制意念，順利與人交談，顧慮到別人的感受。如果不是，一切便會反向圍剿他。

這是虛假的，只是模擬得十分逼真，其實意義完全不同，就像真的水果與蠟做的水果。就像是在演戲，表面上的樣子完全掩蓋了心裡的想法，就算碰巧是一致的，也無法讓人信服。他無法相信一個陌生的女人，何況一個眼中只有金錢的人，自己在這裡不具有獨特背景的差異，完全被認定與掌控，只是一隻又一隻來不完的群魚之一，潛游在一坑棲身處，對四周渾然無知。這一刻他不再是至親的母親所熟知的那個骨肉，不再是認識他的人所想見到的那個樣子，他跳脫到身分之外，還原成一種極單純的狀態。就在這個特異的時刻，反而戲得以暫停，他避到一個最真實的場地，可以眺見一種區域內的運作的律則。

時間燒掉他的精神，時間照亮此地，讓這個封閉的空間沉浸在一種無法確切辨識的色澤中，疲倦讓感知力徹底改變，變得可疑而累贅，不過一切都緊緊沖灌著他整個人，普遍到視而不見的地步，於是就在這個時候，一個女人打開了房門……

附錄。

當避此人出一頭地

楊牧

悔之：

黃國峻之死後我覺得非常捨不得，雖然我與他生前並不相識。我讀他的小說和別的東西，覺得他是那一代的作者當中最使我感到親近，同意，或者疼惜的人，許多地方都讓我想說：當避此人出一頭地！此不但針對他文字處理的題材，更直接對他的文字所構成的風格，已經出現的「文體」而言。我很難想像他為什麼選擇這樣的死去的道路，但似乎也不難想像。

你們一定是好朋友，則悲痛之情是當然的。

春天以來因為傳染病的原因，朋友都少見面了；現在情況稍緩，希望可以相眾暢談一番。詩或散文待整理出來，當即奉寄。順祝

暑安

楊牧　二〇〇三、七、十

（原刊於聯合文學雜誌二〇〇三年八月號，楊牧寫給當時總編輯許悔之的信札）

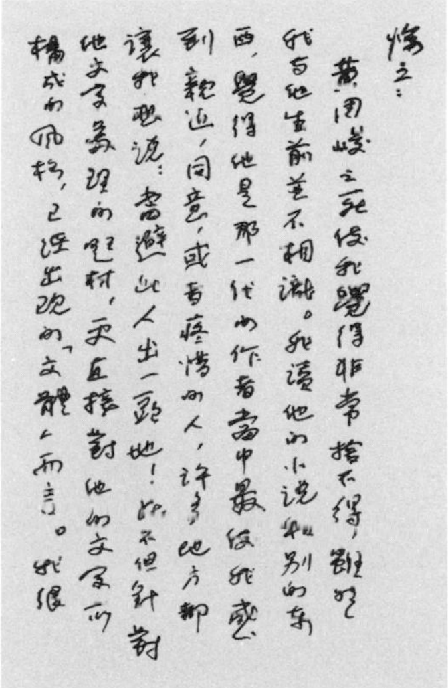

悔之：

黃國峻之死使我覺得非常捨不得，雖然我與他生前並不相識。我讀他的小說和別的東西，覺得他是那一代的作者當中最使我感到親近，同意，或者疼惜的人，許多地方都讓我想說：當避此人出一頭地！我不但針對他文字處理的題材，更直接對他的文字所構成的風格，已經出現的「文體」而言。我很

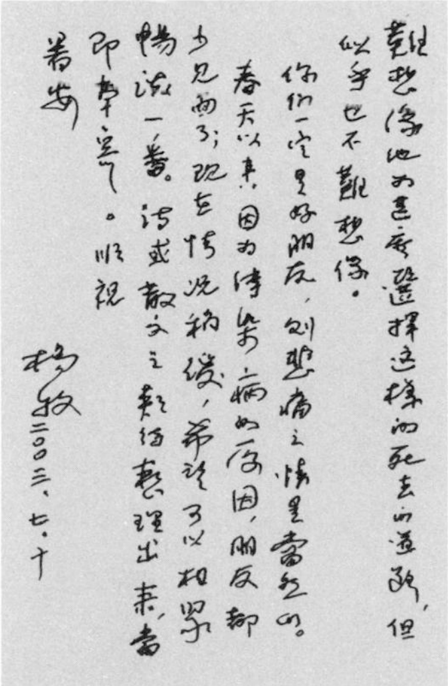

難想像他的意志選擇這樣的死去的道路，但似乎也不難想像。

你們一定是好朋友，創悲痛之情是當然的。

春天以來因為傳染病的原因，朋友都少見面了；現在情況稍緩，希望可以相聚暢談一番。詩或散文之類待整理出來，當即奉寄。順祝

暑安

楊牧

二〇〇三、七、十

寄：鶴樓峻，連翠微

鄭愁予

國峻世兄如晤：

你不是乘鶴離去的，那指的只是
像我和你老爸這輩人將來的歸路
你是揮袖作別駕著青春的意氣
你就是鶴……心中的冷峻難耐在嘈雜的雞群久立
哎！　算了罷！　塵世！

那麼，這紙短箋我就託付另一隻鶴銜給你了
在春夏之交的季節這恐是最後的候鳥
當白鶴拳起一足傍著你靜立在
雲天深處……請疏緩你孤峰的冷峻
你接下短箋……讀與不讀豈不都是——緣分？

成長在一個假相繽紛的卡通社會
一切誇飾的美與脆幻的動作成為必然
官衙發放功勳的話，媒體不斷擺出妙事展覽
高科技＋大學問＋老道德＋長壽菜
人兒人兒其純其鮮，眉眼之間都是情愛

然而，當官衙大嘴被狼牙撐出齕血的噪音
媒體擺不脫偷窺慾的下體意識，而科技
無非是財慾弄鼓了肚皮之炫耀，則學者云云
多是明清逸者所脾視的科場之士在散播阿諛
道德有百般的解釋，只剩下長壽菜和春藥競爭

年輕輩兒的哥兒們，姐兒們，和那些愛泡的……
走在天網的路上，互相顯耀私處的刺青給人看
說不實的話，一會兒踐，一會兒讚……
沒有甚麼真的 BOBO，也許是冒牌的 HPYP……
把自己卡通化了卻無視天真的寓意
唉　國峻　如何做一個真實的人行走在卡通世界

跨一步就是一番迷失……幸好　你有膽識和才氣
你奏琴試音給自己聽以對囂嚷抗拒，你創作留白
以使傳播清醒，你迴避成為舉子，是對科場的冷落
這便是忽名輕利的檄言你對抗重商主義的大軍

然而你純潔的心靈不懼醜卻受美欺，你無覺于
卡通世界美的虛應故事……魚喝光魚缸的水……
而釣魚客被假高潮騙死……你未能覺察卡通也有惡
用自然化模糊貧富，使階級變作寵物表演，
它們不施人道的困覆，因之對抗騙術你沒有解數

在半個世紀之前吧，我和你老爸這一輩

不幸（還是有幸）生長在沙特的艱厲時代
社會的不平，異族的欺凌，是血汗不是卡通
我們關懷的能量在文學，棉薄，有貼心的溫度
我們練就抗衡壓力的解數，而且不時的出招

那時候前衛的美學是另一種形式，巴黎不說
在紐約格林威治村，約翰伍德，e.e 卡明斯……
貢獻智慧在兩個戰線——美學的和社會運動的……
這便是歷史認定的真正的波西米亞族，三十年後
金士堡，佛凌格提，聲嘶血賁地喊出抗議的柏克萊
關懷不適意的生靈包括自己，必會練就求存的招數

革命？可以！也不妨使用哲學的頹廢主義
你歐梵叔叔，楊澤哥哥，用消遙解脫劃地的束縛
人人白出不就是天下為公？既無愧對，何來逃避？
而這些，當你堅持淳樸直接的認知，很難婉轉別路的。

鶴是候鳥的圖騰，其飛翔，其佇立，其清唳萬里
都抵不上你在人間縹緲的一場愛情，
我和你老爸這艱厲的一代算是不幸的了，
我們佛不起來，道不起來，基督不起來……
不知有甚麼禱詞對候鳥述說那個「惜」字。

癸未春竟

後記

有這麼個典故說：陶侃因母喪離職還家，有二客來弔，不哭而退，化為雙鶴，沖天而去……因此有「鶴弔」一詞代替弔喪。另一個典故在《隋書樂誌》錄有〈鶴樓峻〉鼓吹曲名，為沈約作，原為漢第七曲〈巫山高〉取其首句「鶴樓峻，連翠微」乃改成含有意象美的名字。上面我便用這兩個典故的寓意作為此〈寄〉詩中的引子。〈寄〉詩是寄給黃國峻的，這個峻字不正是形容鶴姿之美的　？所以全詩未有悼與傷的意味。在詩的末行最後用了「惜」字，是來自昔，「昔」是「過去」的意思，是不記錄的歷史，多半是存在記憶中的，所以「昔」是憶的（從心）不是錄的（從鐫刻），「昔」加「厂」成「厝」，是古語和河洛語「家屋」的意思，是久居安生的所在。所以「昔」字是時間過隙有感念的情分。「昔」加「心」呢，則是「惜」字，我們便可推論出是對過往事件有相當強烈的追懷，甚至是追之莫及。「惜」是時間既不能倒轉，卻在心中久居不去，輕則悵惘，重則哀涔。

惜和悼的不同處，悼是活著的對死去的唁念，惜則是活著的對活著的情緒，即使是已成定局的事件而不再活著，「惜」的複雜感觸中尚存有一些「如果不如此則將如何呢？」的假設疑問，所以「惜」和「如」字的糾結之感，便是那個「無可如何」的「憾」字了。因此也衍生「往者不可追」應「珍惜當前」和「警視未來」的多層意義。惜也不同於憐字；即使在動機上接近愛，卻沒有愛的實用性；這一系列由心象演化的字眼，惟「惜」會久居你的胸臆啊。

上面這〈寄〉的詩，便是由惜而生的。

（原刊於聯合文學雜誌二〇〇三年八月號）

偏遠的哭聲

袁哲生

國峻選擇提早離開這個令人煩憂的塵世，我感到非常訝異，因為，在我心中，他並不怕勞煩，而憂心原本就是他的早晚課。我心中的國峻是一個文學的苦行僧，勇猛精進令人汗顏，看到他在那麼短短幾年之內寫出了那樣多的作品，我想，這一定是個意志堅強的人，因為，稍稍從事幾年創作的經驗告訴我，關於寫作，靈感得之不易固是苦事，然而，為了將乍現的靈光澆灌出一朵小花，每天晨昏定省琢之磨之的消耗直至無感而沮喪更是苦中三昧，不足為外人道矣。因而，國峻在我心中是一個勇敢的人，只是沒有想到這分勇氣竟然一直以來是那樣用力，以致它的斷裂，也像金屬疲勞那樣來得突然。

現在，國峻走了，許多往事都回來了。

他是一個很仔細，又很愛面子的朋友。國峻第一次到我家來，穿著洗燙整齊的白襯衫、西裝褲，還有規規矩矩的吊帶扣在腰上，我當時心想，吃個便飯就穿得如此正式，那萬一是去相親的話，不知道還有更好的方式可以打扮嗎？我想著想著本想脫口而出跟他開開玩笑，可是當天有黃春明老師以及師母在場，這一句玩笑話在嘴裡轉了幾個圈，還是沒敢說出來。我想，這人如此嚴謹，改天混熟了一定要找機會在他身上找點樂子，否則實在太暴殄天物了！可惜我終究沒有機會好好開他玩笑，之後不論是見面，還是書信的往返，國峻都認真得像是木十字兒童合唱團裡穿著一襲聖袍的小朋友，讓人不知不覺也嚴肅了起來。

國峻啊，你知道嗎，你實在是太認真了點，認真到當我和你閒聊時都會疑心剛剛是否聽到了一陣管風琴的伴奏聲呢！

你的信寫得那麼小心，就像你的為人，一筆一畫用力很深（用情也深），用鉛筆寫信是為了修改方便嗎？可是好像也不見你用橡皮擦塗抹修改的痕跡，只有一次，唯一的一次，你在信尾的日期部分修改了一個數字，我心想，終於讓我抓到塗改了吧？可再一想，那必定是因為這封信寫了不只一天，寫完了又擺著看了幾天，臨寄前才發現日期已變，所以又改了那個尾數吧？你真的太小心了，我的朋友，如此小心，是否也是因為十足的好面子，所以才會細心呵護至此？我沒猜錯吧？你寄給我的新書題字不直接寫在扉頁上，而是另外用一張不起眼的紙條寫好夾在書裡，我想想就不覺笑出聲來了。你這個傻小子心機很深啊，贈書的話語不直接寫在書上，而是寫在一張很容易就弄丟的紙條上，為什麼？為的就是怕日後萬一這書流落到舊書攤上，會讓某個陌生人看到你恭恭敬敬的簽名落款，我沒猜錯吧？如果我沒猜錯，那你就大大失算了。告訴你，傻小子，你愈是如此，我愈是不中計，那張紙條我硬是給它保存得好好的，而我的書架再怎麼擠，也不會把你嘔心瀝血的小說給擠到舊書攤上⋯⋯。

我知道你很好面子又臉皮薄，所以當我偶有新書出版時，總是一式兩份寄到你士林的家裡，一份寫了「請春明老師、師母、國珍兄指正」，另外一份則是單獨給你的。其實我一點也不大方，單獨寄一本給你，是因為我知道這買賣太划得來了。我知道你會不吝惜你的時間，把我寄給你的書看完，對於一個寫作者來說，沒有比這更令人愜意的了。果然，才過幾天，你的信就來了，又是一番激勵與恭維，你看，我多划算？我知道你有面子問題，在你老爸面前更是如此對不對？所以我不能只寄一本，害你得去跟春明老師討書來看（你會怎麼說？「我先看吧，反正你又不看？」多尷尬啊，你說對不對？）

國峻，你知道嗎？其實你是那種最容易交到的朋友啊，請原諒我的心機也很重，我早就看出來，像你這種潛心寫作小說的傻小子，我只要故作惋惜地在你面前挑出你作品裡一個被我扭曲過的小毛病，就可以讓你坐立難安，繼而憂心忡忡。

然後，你就會把我的十句好話中比較不好的那句話放在心上，最後的結果就是你會不知不覺地把這句話塞在口袋裡，然後我就成了一個如影隨行的好朋友了，對不對？哎呀，這朋友我交得真容易啊，十兩就可以撥千斤，真是打著燈籠也找不到了。但是，你並不完美，你不守信用，明明昨天才說好了，不管隔天的大考結果如何，我們都要厚著臉皮一起面對難看的考卷，就像我們在一起舉辦的新書發表會上厚著臉皮對在場的記者小姐先生們說：「我寫這本書的用意是……」那時，我們像是兩棵傻瓜樹，你的聲音是顫抖的，而我已經開始落葉了。但是，你沒說過你打算要枯萎了，不是嗎？我有點生氣了，未來的日子，你將永遠地缺考了，你不夠意思，考題已經很難了，還要同學看著你那空空的座位和抽屜……。

更不夠意思的是，你讓所有的老師和同學都無法責怪你。那我們的心情要收拾到哪裡去呢？

國峻啊，就像一場壕溝激戰之後的人員清點，不可避免地，我們即將在一面摧折的軍旗後方，或是三、五公尺外的下一個散兵坑裡，發現我們年輕、善良，然而已經離我們遠去的弟兄們。這一次，終於輪到我們這一連，這一班，這一伍來品嘗這杯餞別的苦酒了。敬完這一杯酒，我們的隊伍更加孤單了，更糟的是，未來，我們不知要使用多少次的沉默來面對失去弟兄的那格空白。沉默是戰後的通行證。他們說你是自己選擇離開的，但是，對於我們這些曾經長期埋伏壕溝之中的兵士來說，那樣的解釋仿佛也沒有太多意義了，因為，激烈的肉搏戰後，已經沒有人說得清楚，到底我們的弟兄是因為別人或自己的子彈而倒下的。現在，我們只知道剛剛失去了一位弟兄，我們選擇麻木，因為，在硝煙彌漫的濃霧裡，悲傷，恐懼，懷疑，甚至思念都會令人軟弱。國峻，相信你也體會過的，悼念戰士的哭泣聲，往往是在下一個偏遠而寧靜的壕溝裡，才突然發出它哀哀的悲鳴的。

你說過：「時間如此真實，真實如此短暫。」現在，我無意責怪你讓這短暫戛然而止。就像春明老師說的，你的生命雖然短暫，但是，你留下來的歡樂卻是如此漫長。我不會忘記你那見不得人在你面前暢談文學超過一個小時而不邀請你加入的焦急模樣，好像所有的人都背著你在計畫著一次到兒童樂園的遠足，獨獨把你排除在外。那天，我為了一篇雜誌的採訪稿去你家找春明老師，看到你們父子倆共處一屋簷下的模樣，心中暗暗覺得這真是北台灣的文學奇景之一了。春明老師像一個溫暖的太陽，非常熱情地準備他那名不虛傳的炒米粉和鹹菜鴨湯，還有他從外面買回來的熱烘烘的肉桂捲；而你則像一團寒冷的北風，默默地為我們擺設餐盤碗筷，擦拭紅酒杯。

春明老師戲稱你是家裡的菲傭兼泰勞，因為你不但洗衣拖地，連屋頂漏水的修繕工程也自己包了（對了，你真的會修屋頂嗎？我一直想問你呢）。看得出來春明老師不只一次在人前這樣介紹你了，更看得出來，你也不只一次在人前露出一副「我不是菲傭，我是管家」的模樣了。吃飯聊天時，我像觀看世界盃乒乓球賽似地腦袋瓜子轉到左邊又轉到右邊，上一秒冷，下一秒又熱得不得了，仿佛洗三溫暖般非常過癮。我心想，這火與冰共處一室的父子作家不正是文學地景上的奇觀嗎？

國峻，自你走後，我才真的相信朋友是不可以亂交的。我覺得很彷徨，甚至不知道在什麼樣的地方，什麼樣的時間比較適合想起你，但是，我的生活中充滿了這樣的時刻，在某一天下午雷雨過後五花十色張開碰撞的雨傘遮蔽下的人群中，在某一個晚起的假日早晨騎著摩托車去住家附近自助餐館的炎熱柏油路上，來不及防備地我就想起了一些不甘沉溺的往事，我該如何同時記起你認真生活的勇氣，又忘掉你匆匆結束生命的決定？我要如何提醒自己人生在世追求的是愛，同時又不會偷偷地想到或許恨的力量更大？

暫時再見了，我敏感而善良的朋友。或許真如你說，我們應該發笑，好讓上帝開始思考……。

（原刊於聯合文學雜誌二〇〇三年八月號）

景觀：黃國峻的內在風景

採訪／蔡逸君

閱讀黃國峻的小說是一種奇特的經驗，在於他演練小說的方式與眾不同。他常用類似電影慢動作的節奏將所欲展現的風景，清清楚楚靜靜地滑過你眼前，然而你若是耐不住性子，急欲將閱讀轉速提高，那風景將變得模糊難辨。讀他的小說，第二次要比第一次放更慢的速度，如此第二次又會比第一次看見更多，更多屬於黃國峻用文字雕塑出來獨特的小說景觀。

從〈留白〉得到小說新人獎以後，黃國峻陸續於本刊（指《聯合文學》）發表了一些短篇，此次新作〈度外〉算是篇幅較長的小說。在電話裡黃國峻說他不喜歡談自己的作品，等到與他面對面坐定下來，他卻流露著率真且自然的神采。

問：先請你說說你的成長背景。

黃國峻（以下簡稱黃）：我一直住在台北，童年時在北投，青少年時代在士林，這些地方不算是市中心，對於生活的節奏和情調還留有一點點空間舒展。家裡基本上也是採取開放的態度，關於學業的壓力幾乎沒有，可以很自由地使用自己的本能，大膽地去接觸生活中好奇的事物，這點我覺得我比同齡的人有更多的機會。從個人出發，喚醒自己的原始本能，去認識你所接觸到的一切，而不是經由別人的教導或奉勸來理解生活，這樣在本質上的認知會比較深刻。我覺得自己認識的東西比較少，但能進入得較深。

問：有沒有比較深刻的閱讀經驗。

黃：我喜歡珍奧斯汀，對喬伊斯、DH勞倫斯也有好印象。不過，另一部分我比較喜歡圖像、音樂；文字在這個時代的確是吃虧的，坦白說，我對文字的經驗比較薄弱，對文字的情感也比較淺。我一直到二十五歲才接觸到伍爾芙這個名字，那時候對女性主義還是懵懵懂懂，但覺得一些想法是溫和的。伍爾芙有一個短篇《牆上的記號》（即《牆上的斑點》）是突出的，從一個「牆上的記號」就可以觀察到整個景觀，夢幻式的想像，這是她整個女性主義的特質。我覺得那是一個時代的切片，還有個人經驗很美的濃縮，讀來令人難忘。我覺得女性主義應該是一個線索而不是終點，許多人停留在某個階段，是因為有想要達成的權力慾望，但我想我可以跨過去了吧。

問：回到你的小說，可不可以稍微談一談。

黃：我寫的東西通常現實色彩比較單薄，我試著把人從社會文化條件中抽離出來，讓他可以適合任一個時代，這樣的做法是比較老式的，但很有趣，因為現在這個時代文化符號過度鮮明，人們常常製約在一個很殘酷的現實環境，往往同一個事物，有時候覺得很嚴重，有時候又覺得很好笑，位差很大的生活形態比較難以適應，所以寧願用一種藝術化，理想化的角度來作描摹。

問：可是如果寫小說時把一個人物的背景模糊化，相對的，他某些深刻的東西會不會被排除在外。

黃：當然會，但我對寫作並不是抱持這樣的態度——覺得它能完成生活上某一個缺陷的補足，我覺得我還是個模仿者，對於形式勝過對於內容的好奇。比方說，你在過一條溪流的時候，你會看到溪流裡有一些大大小小的石頭分佈，你走的時候，會東一步西一步，一小步一大步踩著石頭過河，感覺像跳舞一樣，我並不是走在平坦的道路，我也不是要利用這樣的空間走到某個創作目標。我只是要在石頭上跳舞，我覺得我的舞蹈純粹只是對空間的一種詠嘆！所以我珍惜這些人物，他們不必為劇情負責，他們不必為某些生活觀念犧牲自己的情感，我讓他們在有限的小說環境裡舞蹈，靜態的舞蹈，坐在桌旁用思想溝通的那種舞蹈。

問：你是很自覺地選擇這樣的路徑嗎？

黃：如果我能寫很標準的小說，我很樂意，但顯然那不是我的能力，另外，我覺得風格是很難勉強去造作的，這只是性格的一種流露，我比較怯懦一點，但我試著讓小說的紋理豐富起來，從不同的角度去「拍攝」它，像拍電影時攝影機自不同機位對一個物體的觀察。這些並不是刻意的，而是很自然的。

問：包括文字的敘述節奏和小說內在的韻律，這些你有什麼想法。

黃：這是很自然的，卡夫卡的抒發就是這樣，喬伊斯的的發就是這樣，你的抒發又是一個樣，每個人都有一個樣，我把它說是文字的「景觀」，文字有一種景觀，像你只要打開喬伊斯，你會看到他的景觀是屬於沒有前與後之分，而是同時並列的，或跳躍的感覺。

問：那〈度外〉這篇小說呢？

黃：它就像一個吉普賽女郎的水晶球一樣，它的體積永遠是這麼小，但是你要在裡面看到什麼你就可能看得到與你接近的那個部分，也許其他部分對你是無意義的，但你如果能夠揀選其中一兩個段落產生一些情感上的共同經驗，那我們就算是「握手」了，我們就可以繼續一起走下去。

訪談結束，我和黃國峻握手道別，在腦海中浮現的是他過河時踩著石頭舞蹈的姿態，他那樣專心的舞蹈，溪流上激起了陣陣水花，那景觀著實有趣且令人側目。

（原刊於聯合文學雜誌二〇〇〇年五月號）

初版編輯前言

鄭栗兒

這是青年小說家黃國峻出道以來的第一部長篇小說，也是唯一的一部。

在二〇〇三年SARS於臺灣開始蔓延的四月著手撰寫，也許更早之時就已經在心底反覆思索醞釀，直到二〇〇三年六月二十日他離開時，電腦存檔顯示第五章第六頁，未完，總字數四萬六千多字，與他原本預計全書十萬字完成，尚差一半。

這部未竟的長篇小說，是國峻每天以一至兩千字馬拉松賽的長跑方式進行的，原書名，六月十二日我們一場午餐聚會，他首度給我看這份長篇小說列印稿時，曾提及：「也可以用男主角的名字『林建銘』，來做為命名。」並稍微說明一下主題及大概，是關於一個平凡男人的三種愛慾類型所衍生出來的情節。

當時在翻看文稿的第一瞬間，我由衷地發出讚賞，覺得很有一種往下閱讀的興味，而且流暢的行文及細微而富哲理的筆觸，似有一番不俗的格局，我同國峻說道：「非常之好看！但為什麼男主角要取名林建銘？且為什麼要是一個出身中下階層的男人？」

這個疑問的理由是：這樣個賣菜出身背景的男主角，是截然不同於國峻的出身背景，而他如何去揣度這個角色的心理層次令我好奇。

這點根據國峻當時的解釋是：「林建銘」是坊間最通俗的名字，代表著一個平凡的男人，而這男人因為如此的低下出身，使之徘徊與分別代表靈性、肉慾及實際的三個女人時，或者人生往上爬升時，能特別彰顯出其內心的衝突與差異。

原本國峻想寫到年底交稿付梓，屆時再具體討論小說內容及書名，國峻走後的第三天，我自黃春明老師手中取回此書書稿，每晚深夜細細閱讀一章，驚嘆於國峻駕馭文字的能力已到相當爐火純青的地步，不僅擺脫了過往所謂翻譯文學的束縛，同時能以直見真心的感性敘述，呈現一個說起來其實是滿孤獨而悲傷的林建銘的故事。

書中的每一字句，落在我感傷的心間，像雨一般，嘩嘩啦地，為他易感的青春、早逝的生命而泫然。比方說：

站在十樓這一大面遠眺著淡水黃昏的落地窗前，他生平頭一次陷入一種無法自拔的沉思中。逆著光的飛鳥形影灰暗，像是穿梭時光而來，昔今同在。「view」真不錯，他想。視野、風景、覽望，他被這些字的意思帶到了一種新的心境中，有一點像是化身成為另一個人，無數他在買賣時遇過的人們如一群螞蟻般，不斷沉默地將他一塊塊搬走，他的時間不斷被用掉了，不管怎麼用，而這個「view」

便濃縮著他全部的經歷，以致一望著它時，會覺得是在借用一個高超的大眼來看。

他必須儘早說出一切，讓對方能夠儘早判斷，是否還要坐在一旁，或者再也不要見面，否則就等於隱瞞了一些事。可是如果晚一點再說，也許很多原本人家不能接受的事，會變得能夠接受。睡醒後又躺了一個鐘頭，一點精神也沒有，他後悔昨晚去找陳怡君，如果再遲一陣子，就一定不會被拒絕。都怪自己太急躁，不，他認為自己並不急躁，因為他已經忍耐十幾年了，要是再多忍耐一天，很可能就會永遠喪失活躍的能力。他必須在自己產生慾望時，立即不顧一切地去滿足，而非一次次消滅慾望，以自殘為榮，他心裡悲傷而憤怒，彷彿死亡是種值得去肯定的貢獻。

她發現自己其實一直沒有真正的主見，只是在學別人那令人羨慕的模樣，假日擠進連鎖咖啡店裡讀著報紙上的政治經濟分析，自認成熟，結果只是活在薄薄的一層表面上，一段時間後就被帶到另一個地方。也許自己根本不是這個料子，卻硬是不認輸，讓事物不斷反覆。已經不是第一次這樣反省，但最後總是相信這次可以徹底改變，脫離窠臼。她不知道怎樣當好自己的主人，似乎總是希望能由別的主人來引領，她不認同自己的相貌，排斥自己的語言，貶抑周遭的客觀現實，終至自伐殆盡。不是這塊料子。她想，也許自己和從前在市場賣菜的林建銘是一樣平凡的，而每一本從前讀過的書，只是轉移了她的注意力，讓她自命不凡。

從忍耐重複到厭煩重複，渴求改變的念頭纏繞著林建銘，情慾只是一種表現的出口，真正纏繞林建銘（或者纏繞著另一女主角陳怡君）的糾結之處，是在平凡與不凡的對比，假面與內心的乖舛矛盾，現實與願景的難以一致——輕盈文字承負著沉重內涵，如同國峻簡雅而又濃郁的油畫風格。我不知道他彈琴時，是否也這樣，淙淙彈奏出一則龐然的生命史。

令我感到更奇異的氛圍是，整本書巧妙串演出一種急迫的時間感，彷彿非如此不可的命運軌則，不能再等待。將讀者拉往與林建銘同一處境，也化身成為林建銘，既要急切地知曉他的困境及往後，同時無意間也觸及到自己人生的困境，竟然如陳怡君（書中女主角）所說，我們都是另一個林建銘。其扣住人性心理的精準度，絕非國峻自謙「尚在練習寫作」而已，他早已獨樹一格，具有大將之風。

最後書名的確定，是依照我和國峻往來默契而定奪的，在一次次閱覽他這部長篇時，我心底與之對話：「一定有一個最理想的名稱會出現的，當它出現時，我知道你會給我靈感。」我很有信心。所以在之前《聯合報‧副刊》提早發表此長篇的首章局部時，仍然以「林建銘」為題名。

後來的這一段文字：「一年中會有一兩天，天空下起份量極重的雨水，因為只有那一兩天，地球的角度剛好讓冷空氣和熱對流形成一道水門，只要偏差一點，水門就不存在。他這一刻感到某一處開了一個洞口，在這個洞口裡，他無意間窺見一切始末……」像光一樣閃爍我的腦海。

忽憶起國峻離開時的那天下午，台北突如其來下了一場好大而怪異的雷陣雨，似乎真是開一道通往宇宙核心的「水門的洞口」，國峻可能藉由此洞口去到天空世界，變作一顆永恆的閃亮之星。所以，因這啟示，我很確定這該就是國峻所要的書名，也與他一貫的隱喻風格契合。

生命總是如此地不可思議，有時像首詩，有時像則寓言，有時像個玩笑。不同的人、不同的書籍也因某種神祕不可測的推動力量，而自有其不可思議的命運。

這部我們以為戛然而止、未竟的長篇小說，其實仔細再詳看，也覺得結束在剛好而完整之處，留下耐人尋味的餘韻，迴盪於空白，讓人在某一瞬思想停頓、抬頭仰望或者等待電梯的間歇片刻，自心深處突然不經意地冒出，「啊！國峻。」

黃國峻年表

黃國珍．梁竣瓘／整理

一九七一　出生於臺北，作家黃春明次子。

一九七五　四歲，初露繪畫天分。《雄獅美術》曾以之為本，討論兒童繪畫及兒童心理。

一九八六　就讀淡江高中。對基督教的精神性層面發生興趣，研讀《聖經》、參加校內團契，並於校刊發表作品。

一九八八　淡江高中畢業。開始以文字記錄、陳述想法，類似雜記，均未發表。

一九九六　持續寫作，並開始嘗試發表。

一九九七　處女作〈留白〉獲第十一屆聯合文學小說新人獎推薦獎。

二〇〇〇　出版小說集《度外》（聯合文學），此書並獲《明日報》主辦「明日報年度好書獎」的「十大本土書獎」，與張大春、夏祖麗等人並列得獎。

二〇〇一 〈天花板的介入〉入選九歌《九十年度小說選》。

二〇〇二 出版小說集《盲目地注視》、散文集《麥克風試音—黃國峻的黑色 talk 集》（聯合文學）。

二〇〇三 短篇小說集《是或一點也不》四月完成（聯合文學八月出版），並開始著手首部長篇小說《水門的洞口》（原預定書名《林建銘》），完成五章近五萬字，原預計十萬字脫稿（聯合文學八月出版）。並以小說〈血氣〉獲選《幼獅文藝》「六出天下」小說類六年級世代優秀小說家。六月二十日於家中自縊身亡。享年三十二歲。

二〇〇四 聯合文學出版黃國峻紀念合集，收錄黃國峻五本著作。

二〇一八 簡體版《度外》、《水門的洞口》出版（四川人民出版社）。

二〇二〇 簡體版《是或一點也不》、《盲目地注視》出版（中國友誼出版公司）。

二〇二一 簡體版《麥克風試音：黃國峻的黑色 Talk 集》出版（九州出版社）。

二〇二四 聯合文學重新出版繁體版《度外》、《水門的洞口》，紀念《度外》完成二十五週年。

國家圖書館出版品預行編目資料

水門的洞口 / 黃國峻作 . -- 二版 . -- 臺北市 :
聯合文學出版社股份有限公司 , 2024.07
184 面 ；14.8×21 公分 . -- （聯合文叢；749）

ISBN 978-986-323-623-8 (平裝)

863.57　　113008485

聯合文叢 749

水門的洞口

作　　者／黃國峻
發 行 人／張寶琴

總 編 輯／周昭翡
主　　編／蕭仁豪
資深編輯／林劭璜
編　　輯／劉倍佐
資深美編／戴榮芝
業務部總經理／李文吉
發行助理／詹益炫
財 務 部／趙玉瑩　韋秀英
人事行政組／李懷瑩
版權管理／蕭仁豪

法律顧問／理律法律事務所
陳長文律師、蔣大中律師

出 版 者／聯合文學出版社股份有限公司
地　　址／(110)臺北市基隆路一段 178 號 10 樓
電　　話／(02)27666759 轉 5107
傳　　真／(02)27567914
郵撥帳號／ 17623526 聯合文學出版社股份有限公司
登 記 證／行政院新聞局局版臺業字第 6109 號
網　　址／http://unitas.udngroup.com.tw
E-mail:unitas@udngroup.com.tw

印 刷 廠／約書亞創藝有限公司
總 經 銷／聯合發行股份有限公司
地　　址／(231)新北市新店區寶橋路235巷6弄6號2樓
電　　話／(02)29178022

出版日期／ 2024年7月　初版
定　　價／ 320 元

ISBN 978-986-323-623-8（平裝）